U0454959

海天译丛

LA FAMILLE MARTIN
马丁一家

DAViD FOENKiNOS

[法] 大卫·冯金诺斯 —— 著

肖林 —— 译

深圳出版社

图书在版编目（CIP）数据

马丁一家 / (法) 大卫·冯金诺斯著；肖林译. --
深圳：深圳出版社, 2023.5
　　（海天译丛）
　　ISBN 978-7-5507-3790-7

Ⅰ. ①马… Ⅱ. ①大… ②肖… Ⅲ. ①长篇小说—法
国—现代 Ⅳ. ①I565.45

中国国家版本馆CIP数据核字(2023)第044366号

版权登记号　　图字：19-2021-036 号
Originally published in France as:
La famille Martin by David Foenkinos
© Éditions Gallimard, Paris, 2020
Cet ouvrage a bénéficié du soutien des Programmes d'aide
à la publication de l'Institut français.
本书获得法国对外文教局版税资助计划的支持

马丁一家
MADING YIJIA

出　品　人　聂雄前
责任编辑　沈逸舟　邱秋卡
责任校对　万妮霞
责任技编　梁立新
封面设计　麦克茜

出版发行　深圳出版社
地　　址　深圳市彩田南路海天综合大厦（518033）
网　　址　www.htph.com.cn
订购电话　0755-83460239（邮购、团购）
设计制作　深圳市龙瀚文化传播有限公司 0755-33133493
印　　刷　深圳市汇亿丰印刷科技有限公司
开　　本　889mm×1194mm　1/32
印　　张　8.5
字　　数　176千
版　　次　2023年5月第1版
印　　次　2023年5月第1次
定　　价　48.00元

巧合的价值等于其不可能的程度。

——米兰·昆德拉

1

　　我灵感枯竭，绞尽脑汁。多年来，我写小说大多靠想象，很少在现实中汲取灵感。当时，我在写一本关于写作工作坊的小说。情节发生在一个于辞藻间度过的周末。可那些辞藻，我自己却找寻不到它们。我对这本小说中的人物一点都不感兴趣，他们让我无聊得要命。我想，任何真实的故事都比它有意思。无论什么，只要是真实存在的，只要不是虚构的。签名售书的时候，常常有读者走过来对我说："您应该写写我的生活，我的经历不可思议！"这显然千真万确。我可以下楼走到街上，拦住遇到的第一个人，请他给我讲讲他的身世。我几乎可以肯定，他的身世将比新创作一个故事更让我来劲。事情正是这样开始的。我真的对自己说：下楼走到街上去，接近你看见的第一个人，他将是你书中的主题。

2

我家楼下有家旅行社，我每天都经过它那奇怪且昏暗的办公室的门口。有个女职员经常从中出来到门口抽烟，几乎不挪位置，静静地看着自己的手机。我有时会问自己，她会在想什么呢？我深信陌生人都有自己的生活阅历。于是我走出家门，心想，如果她正在那里抽烟，她就将是我小说的主人公。

但那个陌生女人并不在那里。我差点就成了她的传记作家了。就在这时，我看见几米开外有个年迈的妇人拉着一辆紫色的购物小拖车，正在过马路。我的目光被吸引住了。那个女人还不知道，但她业已步入我的小说领地，成了我的新书的主题（当然，前提是她愿意接受我的建议）。我本来可以再等等，等待一个更加吸引我、更能给我灵感的人。可是不行啊，必须是遇到的第一个人。没有选择的余地。我希望这种有组织的巧合能把我引向一个扣人心弦的故事，或引向一种命运，一种能让人参透人生当中的某些重大问题的命运。说真的，我对这个女人充满了期待。

3

我走上前去，道歉说打扰了她。我说话彬彬有礼，就像想卖给你一些东西的人那样有礼貌。她放慢了脚步。我这样靠近她，显然让她吃惊了。我解释说，我就住在这个街区，我是个作家。当你拦住一个正在行走的人时，必须直奔主题。人们常说，年纪大的人很警觉，可她马上就给了我一个灿烂的微笑。我感到有足够的信心把自己的计划讲给她听：

"是这样……我想写一本关于您的书。"

"您说什么？"

"这确实显得有点奇怪……这其实是某种形式的挑战，是我向自己发起的一个挑战。我就住在这里，"我指着我住的那栋楼说，"我曾对自己说，我要写我将遇到的第一个人。其他的细节我就暂且不说了。"

"我不明白。"

"我们现在能去喝杯咖啡吗？让我把情况给您讲清楚。"

"现在？"

"是的。"

"现在不行。我得上楼回家,把东西放到冰箱里。"

"哦,对,我理解。"我答道,心想,我的这番最初的说辞是否不够动人。直觉激励我迈出了这一步,但我现在已经开始考虑围绕将解冻产品重新冷冻的必要性问题展开一番写作了。获得勒诺多奖几年之后的我战战兢兢,担心自己走下坡路。

我提议在马路尽头的咖啡馆等她,但她希望我能陪她回家。她请我跟着她走,这份信任来得十分突然。换作我,我绝对不会让一个作家这么轻易地进入我的家门。尤其是一个缺乏灵感的作家。

4

几分钟后，我独自坐在她家的客厅里。她在厨房里忙活。让我完全意想不到的是，一股强烈的情绪穿透了我的身体。我的奶奶和外婆都已经去世多年，所以我已经很久没有处于这样老气沉沉的环境中了。共同点太多：油布制成的桌布、吵闹的挂钟、里面放着孙辈照片的金相框。我心里一紧，想起了在她们家中做客的情景。我们相顾无言，但我很享受这样的交流。

我的女主人公回来了，手里端着一个托盘，上面放着一个杯子和几块小点心。她没有给自己拿任何喝的或吃的东西。为了让她放心，我三言两语地介绍了一下我的职业，但她好像并不担心，根本就没想过我也许是一个危险分子，一个骗子，一个别有用心的人。后来，我问过她，是什么让她这么信任我。"您长得像个作家。"她回答说，弄得我有点狼狈。对我来说，大部分作家看起来都色眯眯的，或者很压抑，有时是既好色又压抑。而对这个女人来说，我长着一张作家的脸。

　　我急于了解我的小说的新主人公。她是谁？我首先需要知道她姓什么。

　　"特里科。"她说。

　　"特里科，织衣服的特里科？"①

　　"对啦。"

　　"那您叫什么名字？"

　　"玛德莱娜。"

　　我就这样出现在玛德莱娜·特里科面前。她的姓让我愣了好几秒。我是无法凭空构思出这样的姓的。我有时要花几个星期的时间才能给人物找到名字或姓氏，因为我笃信，姓名的听感会影响一个人的命运，甚至能帮助我弄懂某些人的脾气。一个名叫娜塔莉的女人的行事方式不会和一个名叫萨比娜的女人的行事方式相同。每个姓名我都反复掂量，最后决定选用还是弃用。现在，我毫不犹豫地选择了玛德莱娜·特里科这个姓名。这就是现实的好处：节约时间。

　　不过，现实也有一个很大的坏处：缺乏选择。我已经写过一本关于老奶奶和衰老问题的小说，是否要重新写这个

---

① 在法文中，特里科（Tricot）这个姓和"织衣服"（tricot）为同一个词。——译者注

题材？我不是很想，但我必须承受我的计划所带来的所有后果。如果我现在就开始躲避现实，那还有什么意思？细想之后，我觉得我遇到玛德莱娜并非巧合：作家总会与自己所偏爱的主题相遇，这就像是一场无期徒刑。①

---

① 当然，在巴黎17区，早上10点出门遇到一个艳舞女郎的可能性不大。——原注

5

玛德莱娜在这个片区已经住了42年。我应该在什么地方遇到过她，但她的脸没有给我留下任何印象。这说明我在这个街角相对来说还是个新人，但我喜欢在街头巷尾散步思考，一走就是几个小时。我属于那种人，对他们来说，写作就像兼并领土。

玛德莱娜应该熟悉这个片区里的很多居民，看着一些孩子长大，一些邻居死去。她应该知道，哪家新商店后面藏着一家消失的书店。在同一个地方度过整个人生，这当然是一种快乐。但对我来说，一个稳定、浅显、安全的世界就像是一个地理上的囚牢。我极其喜欢逃避，所以常常搬家（我也属于那些在餐馆里从来不脱大衣的人）。说实话，我喜欢远离记忆的背景板，这跟玛德莱娜相反，她应该每天都踩在过去的足迹上。经过女儿们的学校门口时，她也许会回想起她们朝她跑来，嘴里喊着"妈妈！"扑到她怀里的场景。

我们虽然还没有互相知根知底，但谈得却很热烈。几分钟后，我们就好像已经忘了是怎么相遇的了。这证明了一个显而易见的事实：谁都喜欢谈论自己。一个人就是一部浓缩的自我虚构小说。我发觉，玛德莱娜一想到有人可能对她产生兴趣，脸上就快要发光了。我们将从什么事情开始谈呢？我尤其不想把她引向她的各种各样的回忆中去。她最后这样问我：

"我是不是首先得跟您说说我的童年？"

"好啊，但千万别勉强。我们也完全可以从您人生中的另一些时期开始。"

"……"

她显得有点不知所措。在昔日的迷宫里，我最好引导她一下。但正当我要跟她谈话时，她朝一个小相框转过头去。

"我们可以谈谈我的丈夫勒内，"她说，"他已去世很久了……所以，我们先谈他，他会感到很高兴的。"

"嗯，好吧……"我一边回答，一边随手记录：除了取悦在世的读者，我还得取悦死者。

6

于是，玛德莱娜深深地吸了一口气，如同一个屏气潜水的女潜水员，似乎她的回忆都藏在水底。故事开始了。60年代末的一个国庆节，她在一个消防站的舞会上遇到了勒内。她是和一个女友一起去的，想找一个美男子跳舞，但来到她身边的却是一个有些瘦削与羸弱的男人，但玛德莱娜一下子就被他吸引住了。她觉得他不习惯于接近陌生女人。确实如此。他应该是在身心上感受到了某种罕见的东西，才敢这样往前冲。

勒内后来告诉了她，自己缘何心慌意乱。在他看来，她跟演员米歇尔·阿尔法[1]简直长得一模一样。玛德莱娜跟我一样，也不知道这个演员。应该说，阿尔法在战后并没有拍过多少电影。在一本杂志上看了阿尔法的照片后，玛德莱娜倍感意外：她们并不是很像，最多只能说是有点像。但对勒内来说，玛德莱娜就是那个没什么名气的女演员的化身。

---

[1] 米歇尔·阿尔法（1911—1987），法国电影演员，主要作品有《基督山伯爵》《六人行必有一失》等。——译者注

他激动万分，不禁回想起童年时期的可怕一幕。那是在战争期间，他母亲参加了一个地下抵抗组织。为了躲避法兰西民兵[1]的追捕，她把自己的小儿子藏到了一家电影院里。[2]勒内被吓坏了，目不转睛地盯着银幕上的脸。米歇尔·阿尔法的脸具有一种强大的保护和安慰作用，令人难忘。现在，二十多年后，他在消防员舞会上遇到了一个女人，在她的目光中，他又看到了某种相似的神采。玛德莱娜问他那部电影叫什么名字。《街角历险记》，勒内答道。我掩饰着自己的惊讶之情：好奇怪，这部电影的名字与我的计划不谋而合。

玛德莱娜当时33岁。她所有的朋友都已结婚，当了妈妈。她心想，对她来说，也许到了"循规蹈矩"的年龄。她解释说，她用的这个词来自西蒙娜·德·波伏瓦的《一个循规蹈矩的少女的回忆》——当时这本书才出版没几年。她不想对丈夫不敬，但还是跟我说了实话：当时，她更多是听从理智的召唤，而不是出于激情的冲动。被一个能让人放心且能一直遵从内心感觉的男人爱上，那是一件多么快乐的事，快乐得都可以让人忘记自己的真实感情了。随着时间的推移，勒内的关怀体贴获得了成功。不再有任何疑问了：玛德莱娜爱上了他。但在他身上，她从未感受到初恋曾带给她的那种悸动。

---

[1] 法兰西民兵，二战时维希法国在纳粹德国的授意下建立的傀儡治安部队，用以镇压抵抗运动。——编者注
[2] 这个故事让我想起了导演克洛德·勒卢什，他常说，德占时期，他母亲让他整天待在黑暗的放映大厅里，所以他后来才会从事电影事业。——原注

*

　　她停了一会儿。也许是因为想到要提及那个似乎让人痛苦的故事，她犹豫不决了。我想，有的伤痛是永远都不会愈合的。她的犹豫暗示着背后有一个极为悲剧的爱情故事，我当然很好奇。我觉得，对我的小说来说，这似乎是一条值得认真考虑的线索。她不等我请求，自己已经滔滔不绝地讲开了。我不想显得无礼，所以没有要她把刚才一带而过的事情细细道来。她以后会再讲的。我不能现在就泄露我之后才获悉的事情，但我可以告诉大家，这个故事的内容极为丰富，将在这部小说中占据重要的位置。

*

　　眼下，我们还是谈谈勒内吧。舞会邂逅之后，他们互相答应尽快再见面。几个月后，他们结婚了。几年后，他们成了父母。斯特凡妮出生于1974年，瓦莱莉出生于1975年。那个年代，四十岁左右才当妈妈是很少见的。玛德莱娜拖延到那个年龄，主要是出于工作原因。当妈妈让她感到很高兴，但也给她的职业生涯带来了不良后果。在她看来，这是男性社会强加给妇女的不公。"我丈夫的工作越来越忙，我常常一个人在家带孩子……"她这样说道，那时的辛酸仿佛历历在目。但指责一个死去的人，这似乎完全是徒劳的。

勒内显然没有意识到妻子的沮丧，对自己在RATP[①]的工作经历洋洋得意。他从普通的地铁司机干起，最后晋升到公司管理部门的一个很高的位置。对他来说，单位就是他的第二个家，以至于退休对他来说就像一道晴天霹雳。玛德莱娜面对着一个完全陷入迷惘的丈夫。"他无法忍受什么都不干。"她重复了三遍，声音一遍比一遍轻。他已经去世二十年，但我们的谈话给了过去一道全新的情感光芒。每天早上起床，勒内都像是一个无仗可打的战士。妻子催他继续学习，去当义工，但这些建议他统统不接受。事实上，他过去的同事渐渐都对他避之不及，这让他很受伤。他发现他所建立的关系全都崩溃了。从此，他觉得一切都荒诞不经。

祸不单行。伴随着颓废而来的是结肠癌——这么写可以把模糊的状态准确地描述出来。下葬那天——差不多是在他退休一年之后——RATP的许多中层和基层职员都来了。玛德莱娜一一审视着他们，一言不发。葬礼上，有几个人发了言，赞扬他是一个正直而热情的人，并且信誓旦旦地说，他们跟他的友谊牢不可破。但他已经不在了，听不到这种迟来的表白。他的妻子觉得他们的态度确实悲怆动人，但她什么都没说。她宁愿回忆他们夫妻之间过去的甜蜜时光，那是多么和谐与平静的日子。他们一起完成了那么多事情，同甘共

---

① 巴黎大众运输公司（Régie autonome des transports parisiens）的缩写。——译者注

苦。现在，一切都结束了。

　　玛德莱娜谈论勒内的方式是那么生动（让人以为他就要来客厅加入我们了）。继续活在某人的心里，在我看来，是死后最好的归宿。我在想，失去陪伴了一生的爱人以后，人该怎么活下去。与一个人共同生活了四五十年，有时觉得对方就是自己在镜子中的映象，然后有一天，什么都没有了。伸出手去，触摸到的只有风；在床上翻身，会感到一丝不对劲；嘀咕几句，却只能是喃喃自语。并非一个人活着，而是带着缺席者活着。

7

玛德莱娜最后对我说："我们也许可以到墓地去看看他。"我有礼貌地回绝了，借口说，我觉得这不合适（人人都有自己的借口）。我尤其不想写一本仅用来充当浇灌坟墓上鲜花的洒水壶的小说。我更愿意写生者。我乘机提起了她的女儿们。一听到斯特凡妮这个名字，她立刻表现出一副不满的样子，但我又不能直截了当地问她为什么。我应该有耐心，确信自己很快就能点亮所有的晦暗地带。

斯特凡妮遇到一个美国男子之后，就搬去波士顿生活了。听玛德莱娜说话的口气，人们可能会以为，她女儿嫁人很随便，只要不是法国人就行。而且玛德莱娜好像也并不太了解那个美国人。玛德莱娜见到他的次数不多，但他每次都满脸笑容，爱笑得让人难以置信。但她认为，那种笑就像是墙上的一道裂缝，把人的目光全都勾走了，让人忽略了墙和墙里面的屋子。那个美国人在银行工作，但斯特凡妮从不细说。她通过Skype①跟母亲聊天。只能用这种虚拟的方式跟女儿和两个外孙女聊天，玛德莱娜感到很失望。她没法把她们搂在怀里。而且，还有一个问题：语言。她不明白斯特凡妮为什么不跟自己的孩子们讲法语。玛德莱娜生日那天，她透过电脑屏幕听见她们说的都是"Hello Mamie""Happy Birthday Mamie"②。好像女儿又多建了一道屏障。

　　幸亏瓦莱莉就住在同一个片区，几乎每天都会去看她。玛德莱娜笑了："有一个我永远见不到，另一个我见得太多了。"尽管这不是什么让人开心的事，但我的女主人公能有幽默感和自嘲感，我倒觉得是件好事。不过，一个与我同龄的妇女能如此经常地去看自己的母亲，嘘寒问暖，我认为这值得赞叹。瓦莱莉应该是那种可以依靠的人，"大包大揽"——人们通常这样形容那些充满家庭责任感、永远忘我的人。但这仅仅是个猜测，因为关于她的两个女儿，玛德莱娜不愿再谈论更多。我清楚地感觉到两姊妹之间有隔阂，后来了解到，她们已经互不往来，而她们不和的原因，则可以追溯到很多年以前。

---

① Skype，国外常用的一款即时通信软件，能用来进行视频聊天、语音聊天、文字聊天、文件传输等活动。——译者注
② 英文，意为"外婆你好""外婆生日快乐"。——译者注

8

她已开始跟我谈论她家里的隐私，这让我感到很高兴。我的小说进展得比我期望的快，但我还不能为胜利而欢呼。我对太容易就能做到的事情总是保持警觉。理所当然的事情总包含着灾难的预兆。毫无疑问，这种确信让我成了一个悲观主义者。所以，在我的预感中，失望常占据着大部。我十分希望玛德莱娜的故事不要成为无数本未完成的小说中的一本。

眼下，没有什么可担心的。她主动投入其中，我让她在自己的回忆中畅游，从来不去引导。匆匆地谈过她的两个女儿之后，她自发地谈论起自己的职业生涯了。她曾是个裁缝，甚至在卡尔·拉格斐①身边工作过。我立即问她，自己名叫"特里科"，同时又从事这种工作，她会不会觉得这很

---

① 卡尔·拉格斐（1933—2019），原籍德国、常居法国的世界著名服装设计师，被称为"时装界恺撒大帝"，外号"老佛爷"。——译者注

奇特。这有点像是宿命，不是吗？①这问题她这辈子一定听到过无数次，我又来重复一遍，显得有点笨拙。她解释说，那是她丈夫的姓，他们认识的时候她已经是裁缝了。确实如此。他们第二次见面时勒内就对她说："你是裁缝，我叫特里科。我们是天生一对。"他应该并非一直那么会说话，但那一次，玛德莱娜笑了，有的人会为了一个微笑而押上一辈子。

我乘机问她对拉格斐怎么看。"他是世界上最率真的男人。"她回答说，"一点都不复杂，什么都一目了然。"我想象中的他不是这样的。但我悄悄地让她继续跑题：这种信息对我的小说太有用了。万一玛德莱娜无法胜任其在小说中的角色，我完全可以从这里或那里获取一些关于那个德国大设计师的有趣素材。拉格斐完全可以成为一个讨喜的备用主题。

她激动地说起了在香奈儿的那几年，那似乎是她人生中的高光时刻。她永远也不会忘记，正当公司失去光环，甚至要关门大吉时，拉格斐到来了。那位大设计师第一次来的时候，默默地走遍了每一层楼。大家都觉得他走个没完没了，

① 也就是人们所谓的"寓意名"（aptonyme）：指一个人的名字与他本人有关联。我们能在网上搜到许多名字是寓意名的名人，比如舞蹈家本杰明·米派德、哲学家罗伯特·格罗斯泰斯特。——原注[译者补注：米派德（Millepied）在法文中意为"千足"，格罗斯泰斯特（Grossetête）在法文中意为"大脑袋"。]

谁也不知道他要干什么。他会接受建议，揽下多个时装系列的设计工作吗？他仔细察看了各种布料，沉浸在那里的气氛中。玛德莱娜觉得他格外英俊。与人们以为的相反，他并不是一个敏捷的男人，这个酷爱图书的人走起路来就像是有人在翻动一本小说。最后，他走到她身边，问了她几个问题：她是从什么时候开始在那里工作的？她觉得公司怎么样？她对未来怎么看？她永远无法忘记的是这种率真。率真地思考，率真地听面前的人讲话。当晚，他拿着几份设计草图回来了。他没有在口头上表示同意接手，但一切尽暗含于无言的行动中。于是，香奈儿奇迹般地再度崛起了。

玛德莱娜五十岁时，两个女儿都到了青春期，她不用再过度操心她们的教育，所以可以像以前那样潜心工作了。她喜欢时装走秀的那种激动人心的氛围，那时，整个团队都在后台发疯似的忙碌。那是伊内丝·德·拉·弗拉桑热①当红时期。在玛德莱娜看来，那是一个可爱而漂亮的女人。"她甚至来出席我的退休欢送会。这可不一般……"提起过去，玛德莱娜又激动起来。她觉得一切都近在咫尺。有些遥远的过去，好像伸手可及。

提到这个行业的高光时刻时，她笑了。每个系列都卖疯了，好像一小块布料就可以创造一个时代。这让每个人都有

① 伊内丝·德·拉·弗拉桑热（1957—　），法国超模、时尚界标志性人物。——译者注

点发疯了。回想往事，昔日的那么多争吵，现在退后一步来看，都显得那么微不足道。无知者之间的争执转瞬即逝：现在，他们在九泉之下都平等了。那些火热的往事于不经意间把玛德莱娜带回到一种无需提前规划的日常生活模式当中。我的出现也许将给她的时光带来一丝改变。总之，她似乎对我的热心感到很高兴。

后来，她开始停顿，讲得没那么详细了，只重复一些同样的逸事。也许是因为讲了两个多小时，累了。我不能竭泽而渔，于是建议她休息一会儿。但她请我再待一会儿：她女儿快到了。

9

瓦莱莉跟我想象中的一模一样。我没有见过她的照片，但在听玛德莱娜的介绍时，我在头脑里勾勒着她的样子，结果和真人完全吻合。她是个挺优雅的女人，但从外表中可以看出一丝疲惫。尽管她跟我想象中的一模一样，但她的态度一定影响了我对她的最初印象。她一见到我就产生了警觉，目光中满是怀疑，毫不掩饰。这可以理解：她母亲让一个陌生人上楼进入她家，这个男人还不断地问她问题。瓦莱莉真把我当骗子了，其实，这行当与作家这个职业并没有太大的区别。

她又问我："你们是在马路上遇到的？我母亲请您到她家来喝茶？"

"是这样。"

"您常常这样到老女人家里吗？"

"我会把一切都告诉您的。我是个作家……"

瓦莱莉走到母亲身边：

"妈，您没事吧？"

"我很好。"玛德莱娜笑得那么欢,似乎让女儿吃了一惊。

为了缓和气氛,我在搜索引擎中输入我的名字,然后把手机递给瓦莱莉。她可以由此确认我并没有撒谎,知晓我已经出版了许多书,其中有的还挺受欢迎。我利用刚刚获得的这一正面形象,又对她解释了我出现在这里的原因。她惊呆了,回答说:

"文学创作计划?我母亲……文学创作计划?"

"是的。"

"我母亲?文学创作计划?"

"这个创意有点特别,我承认……但我决定拦住我在马路上遇到的第一个人……然后写他。"

"刚好遇到了我母亲?"

"是的。我对自己说,任何人的生活都可以动人心弦。"

"当然。是的,当然。但我母亲的故事能让什么人感兴趣呢?我是她女儿,连我都对她不感兴趣。"

"请相信我。她的故事会很精彩。她跟我谈起了您父亲,您姐姐……以及拉格斐……"

"哦,是吗?她是怎么说我姐姐的?"

"您看……只是……您问我问题的这种方式……您的方式有点激烈……让我以为……"

"啊,我明白了。您的小说,是想挖出我们的家庭故事，翻出让人痛苦的一切。"

"不是的……我永远不会违背你们的意愿。"

"大家都这么说。当代小说我读得不多，但我知道得很清楚，对现在的人而言，写作往往是为了赚钱。"

"……"

我不知如何回答。她说得没错。小说卖得越来越不好，这肯定会让出版商更加倾向于出版一些论战性质的作品，或是对一些下流之事进行爆料。我是否也受此诱惑？不能否认，我也期待我的女主人公有点家庭秘密，能让人产生读下去的愿望。我表面上对某大娘的生活兴趣盎然，其实不过是一个以灾难为嗜好的吸血鬼罢了。打开天窗说亮话吧：幸福不会让任何人感兴趣。

"您不说些什么吗？"瓦莱莉又问。

"对不起，对不起……我正在想。我完全理解您的感受。您心中认为，到最后，我只会对那部分痛苦的故事感兴趣。我坦白地告诉您：我无法向您保证我会写什么。您母亲同意跟我说话，我有决定该怎样把她说的内容改写成小说的自由权利。但没有人强迫她要把所有事情都告诉我……"

"您清楚地知道事情会怎么发展。您会取得她的信任，她年纪大了，并不是什么都能意识得到……"

"你怎么这么说？"玛德莱娜不客气地插话说。

"对不起，妈。这不是我想说的意思。我必须核查一下这位先生的动机。"

"我重复一遍，我理解您的怀疑，"我说，"但我的确没有恶意……"

瓦莱莉默默地盯着我，然后示意我跟她去厨房。"我们马上就回来。"她对母亲说。后者因女儿让她远离与她自己有关的谈话而显得有些吃惊。随着年龄的增大，这无疑成了一种习惯，人们谈论你，好像你的意见不重要似的。跟瓦莱莉去厨房的时候，我又想起了她刚才反应激烈的样子。她为什么信誓旦旦地说"她并不是什么都能意识得到……"？她好像在害怕什么东西，怕她母亲不小心向我泄露一些十分隐秘或让人不安的事情。

一到厨房，她就低声说起来。显然，她非常尴尬，连着说了几句客套话，然后说，我与她母亲的合作计划也许会有些复杂，因为她母亲正在失去记忆。我觉得随着年龄的增长，人的记性自然会没那么准确。但瓦莱莉补充说："她正处于阿尔茨海默病早期，现在还能控制，但我一天天地看着她的病严重起来。她会忘记自己某一阶段的生活，忘记一些人的名字……"我一点都没有看出来。两小时中，玛德莱娜完全清醒地畅游在自己的人生当中。瓦莱莉指出，首次相遇也许会有刺激效应，正如心理医生的前几次治疗，疗效看起来会特别显著：在精神彻底放松时，人可以从记忆中释放一切，然后，随着时间的推移，他会发现自己越陷越深，最后不能自拔。

　　能在记忆深处寻找回忆，玛德莱娜似乎感到很高兴。她好像是想以此向自己证明自己，证明自己就是一部小说，书中的每一页都为自己所熟知。

　　"我想我的计划只会对她有好处。"我大着胆子对瓦莱莉说。

　　"我相信您的话。跟您聊天显然很让人开心，但我担心，过不了多久，她就得面对自己的疾病。您能理解我的担忧吗？眼下，我母亲一切都好，她并不知道自己出现了阿尔茨海默病的早期症状。我只是不希望您的写作计划给她带来痛苦……"

　　这时，这个陌生女人停止了说话，似乎是由于太激动了。我刚才觉得她疑心重重，甚至有点敌意，但我现在明白了，她是在保护她母亲。她就像在保护正遭受敌人进攻、每天都被一点点蚕食的领土一样保护自己的母亲。我有点同情地朝她笑了笑，但这种笑让我感到了耻辱，因为这是一种欺骗性的笑。事实上，我心里想的是我的小说。对所有作家来说，只有作品才是最重要的。我对自己说：你的计划是拦住一个人，写他的故事，可你却刚好遇到了一个失去记忆的人。这未免也太讽刺了。但我马上就恢复过来。写一写正在崩溃的记忆，也许会很精彩，我可以让纸张保持空白，让章节留有残缺。

于是我决定拉长拜访我的女主人公的时间间隔，免得她太劳累。我可以简简单单地和她一起度过一段时间，不一定要有什么回报。一起在片区散散步，去超市购物，过一过日常生活，一切都可能让人产生兴趣。这时，瓦莱莉打断了我的漫游：

"当然，您写我母亲，我觉得这是件极好的事。虽然有点疯狂，但是件极好的事。我也把它当作给我的孩子们的礼物，但是……"

"但是什么？"

"我有个建议。"

"好啊，说说看。"

"我想，既然您要写我母亲，那么到时候您也会来向我询问一些东西。"

"是的，有可能。"

"在这种情况下，您也有可能写到我。说到底，不仅仅是写我，而是写我的全家。我丈夫，我的孩子们。"

"这与我的想法有一点偏差……"

"您的写作计划，真的是追踪了解一个真实的人？"

"是的。"

"您可以把这个计划扩大到他周围的人身上，没有任何因素妨碍您这么做。我不知道我们是否能让读者感兴趣，但总还是有故事可说的。"

"那当然，但是……"

"您要知道，我这样建议，是出于热心与好意。我不想让您再大费周折地到街头去重新找个人来写。"

"……"

她停了一会儿，然后接着说：

"我发现，您的出现对她有好处。我一到这里就全都明白了。但我的直觉促使我向您提出这个建议。我不想让我母亲感觉到您的计划全都落在她的身上。那会让我害怕的。"

"……"

我不知道对她的建议该怎么看，我把它看作对我的最初直觉的背叛。但我的计划是把自己交给巧合，没有任何东西妨碍我继续追随这种巧合。瓦莱莉吹嘘了一会儿自己的建议的好处，我知道她为什么要这样做。从她的微笑看来，她并不想阻碍一场能让她母亲喜欢的历险，但希望负担不要那么重，那有可能会让她母亲本已脆弱的记忆招架不住。再说，我似乎并不是真的别无选择。

我们回到了客厅。瓦莱莉说："妈，一切都安排好了。有个作家将把您的一生都写下来，这毕竟是一件美好的事。而且他追踪了解的将不止您一个人，我们全家都会被包括进来。此外，我今晚要留他在家里用晚餐……"确实如此，我别无选择。但有人物来负责叙述这个故事，这倒能方便我的写作。

10

就这样，我在一个我并不熟悉的家庭跟他们一起用晚餐了。让人不适的邀请和别的惹人厌的社交活动，我向来拒绝，但我现在正在做一件我极不可能去做的事情。

瓦莱莉介绍我的时候，对她丈夫和孩子们说，我将跟他们一起用晚餐，因为我要写一本书。他们的目光中流露出一丝惊讶。一个女孩——瓦莱莉介绍说叫劳拉——嘀咕道："妈妈又发什么神经了？"她弟弟听到后接话道："我宁愿她去做陶艺。"母亲立即打断他们的话头，说："以为我听不见？"帕特里克，也就是她的丈夫，什么都没说。他本来可以热情点的，问我想喝点什么，然后表示自己觉得眼前的情景有点滑稽，但是他没有这么做。他的样子和那些被迫忍受妻子突如其来的奇思异想的男人一模一样。他表示怀疑地噘了一下嘴，以向瓦莱莉表示，为了让她高兴，他就接受这件荒谬的事了。但瓦莱莉懂得如何成为一个有说服力的人。在几个小时里，她成了我文学探索旅途上的使者。

当我们都在桌子周围坐下来时，出现了一会儿冷场。大家都等着我说话，那是当然的。他们都等着我问问题。我用寥寥数语做了自我介绍，然后结结巴巴地说，我来这儿主要是听大家说。但谁都不愿说。家人的态度显然让瓦莱莉感到很尴尬，她试图让气氛舒缓下来："这情景还挺唬人的呢！"我做了个手势安慰大家，以表示不用着急，慢慢来。大家都需要时间去适应，我完全理解。也许，我在获取他们的秘密之前应当先获得他们的信任。

这时，我的注意力落在帕特里克身上。他的外形不太结实，像是一个尚需磨炼的孩子。他看起来比瓦莱莉年龄略大，其实他们是同年出生的。他们在大学的课堂里相识，相互之间几乎是本能地产生了好感，但也说不上是一见钟情。客观地讲，我觉得可以这样描述他们的感情：一种理性的爱情。对帕特里克来说，这是他的头等大事。认识瓦莱莉之前，他总是被女孩嫌弃，青春期过得相当窝囊，但我也就知道这些。后来我们聊天时，他也避而不谈那个复杂的阶段。然而，我能清晰地感觉到，他缺乏自信的性格都是在13岁到16岁之间形成的。他感觉自己游离在爱的激情之外，这种感觉一直伴随着他成长。有时，几场失败就足以永远浇灭一个人对成功的渴望。

帕特里克被妻子瞪了无数次的眼，最后不得不开口。他没有讲自己的童年或是什么往事，而是讲起自己的日常工作来。他在一家保险公司工作了17年。我努力想象如此千篇一律的人生会是什么样子——每天去同一个地方，遇到同样的人，站在咖啡机前讲同样的话，咖啡机也滴出同样的咖啡。这样的职场生活应该或多或少会给人以安全感。可说实话，帕特里克正处在一个让人不安的湍流区。几个月前，他的单位来了一位新的领导，名叫让-保尔·德茹瓦约。他是个唯利是图的小丑，无论什么工作都要经他核验，无休无止。说得更明白一点：他爱在鸡蛋里面挑骨头，总想找出员工的错误，以将其无偿解雇；为此，他甚至不惜鼓励员工互相揭发。

那天上午，德茹瓦约召见他，约他三天后谈话。多大的折磨啊！为什么不把要告诉他的事情立刻告诉他呢？他将惴惴不安地度过接下来的这三天。德茹瓦约的目光没有透露任何信息，一副瑞士人的面孔。这样冷冷地甚至带点微笑地谋杀员工，是折磨别人的最高形式。其中显然有施虐狂的成分在作祟。他清楚地知道，一般情况下，提前告知员工三天后将被约谈，这肯定会让员工感到痛苦。更糟的是，他还补充说非见不可。话中有话。他口中的"非见不可"表明事情很严重，很重大，让人觉得像是要宣读最终的判决。

我们见面的那天晚上，帕特里克吃饭时对家人说，他很快就要失业了。朗贝尔就遇到过这种情况，突然之间就被解雇了。裁员。"没关系，"那时候，大家对朗贝尔说，"你还年轻，又没有孩子，很容易东山再起。"今天，没有什么事是容易的，更遑论东山再起。帕特里克是两个月前碰见朗贝尔的，发现他面颊凹陷。朗贝尔装作事事顺利的样子，但很明显，事实并非如此。帕特里克假装相信朗贝尔说的话，免得后者尴尬，但他现在后悔了。应该这样对朗贝尔说："算了吧，看得出来你最近过得不好。我们喝杯咖啡去，一起看看我们能做点什么。"可他什么都没有说，任朗贝尔钻进地铁口，消失在人群中。

帕特里克曾试着给他打电话，但马上收到一则短信，说这个号码不存在。这是怎么回事？人人都想留住自己的电话号码。我们这个时代的口号是"随时都可以联系上"。他一定是没有缴费，号码被注销了，没有别的解释。所以帕特里克再也没有办法找到他，再也无法跟他聊聊了，虽然这两个老同事在大街上相遇时也只是表面上客套几句，强笑着互相说假话。这便是帕特里克所担心的。三天后也许就要轮到他了。也许他也会丢了自己的电话号码，别人再也找不到他。三天后，那个邪恶的德茹瓦约会告诉他为什么坚决地要见他，甚至坚决到非见不可的程度。

当然，有些细节是帕特里克后来告诉我的，但那天晚上吃饭时，他最后也说了很多。瓦莱莉似乎感到很吃惊，尤其是因为晚餐开始时丝毫没有这种迹象。只要有外人想听他们讲述，他们每个人都会迫不及待地掏出自己藏在心窝里的话。我根本想不到他们有这么大的倾诉欲。我的角色既不是评判者，也不是劝说者，至少眼下如此。我只满足于表现出某种同情的样子，拉开必要的距离，把事情写下来，不受别人太大的影响。也许正是这种态度使得他这样问我：

"您真的对我跟德茹瓦约的事感兴趣吗？"

"是，真的。我想读者会感兴趣的。我们大家周围都有德茹瓦约那样的人。"我用非常严肃的口气说。

我的确感兴趣。不是因为我们都有个心理变态的老板，而是因为对我来说，所有的故事都是互有回音的。我常常惊讶地发现，读者太渴望在小说中找到自己的影子了，即使是情节很让人不安的小说也不例外。我们到处寻找自己私生活的镜像。所以，是的，我十分肯定，那个德茹瓦约一定会在读者中产生共鸣，成为虐待现象的象征，毕竟每个人一生中总会在某个时刻遭受一次这样或那样的虐待。而且，人们会对那个脆弱者产生同情，那个试图在精心设计的侮辱面前站直身子的人。总之，我的感受便是如此。

11

帕特里克结束了他的故事。他说了很多，我对他表示感谢。然后，又出现了冷场。我的小说的后续部分将由谁来负责？在这停歇的当儿，我想起了皮兰德娄的《六个寻找作者的剧中人》①。我喜欢这一创意——把创作的情景颠倒过来，就像是让颜料去寻找绘画者。由于我小说中的人物们正与他们的作者共进晚餐，那就应该由他们来继续给我提供餐食。

我的热情后来是因为那对夫妻的俩孩子而冷下来的。他们没有对我表现出任何兴趣。在我们生活的这个时代，一切好像都不值得大惊小怪。也许是因为电视媒体在不断进行沉浸式报道，人们由此可以体验各种难以置信的情景？从警察闯入裸体主义者的营地，到荒岛上发生感情危机的夫妻，什么都见过，什么都知道，最后这也许会导致好奇心降低。由

---

① 《六个寻找作者的剧中人》，意大利剧作家路易吉·皮兰德娄的戏剧作品，是一出典型的"戏中戏"。——译者注

于谷歌地图，旅行也将失去吸引力。看着那两个年轻人麻木的面孔，我想到了这些。我努力想象，假如我在他们这个年纪，我母亲邀请了一个作家来家里吃饭，我又会有怎样的反应。我想我会希望对他，对他的动机知道得更多，我甚至会努力让他对我产生兴趣（鉴于我对自己没什么信心，这会非常困难）。他们的态度让我感到惊讶，尽管我清楚地知道，对处于青春期的孩子而言，外面的世界有时无异于一幅静物写生画。

15岁的杰雷米的肩上像是有千斤重担。他做任何事情非常慢，所以这种感觉就更加明显，甚至连咀嚼食物都似乎成了一场马拉松。总之，这种情况见怪不怪，在他那个年龄的人当中极具代表性。我产生了这样的想法：莫非命运真的把我本可能依靠想象力来构思的人物都推到了我面前？一个失去记忆的老太太，一个有点哀伤的女性，一个担心失去工作的男人，现在又有了一个阴郁而消沉的小伙子。他们是我业已耗尽的想象力的产物？不，他们是十分真实的存在。

如何消除这种不断影响我的大脑的负面情绪？必须相信积极向上的思想的力量。如果你相信不可思议的事情有可能发生，那么，有时，那种事情真的会出现。我很羡慕那些积极乐观地遵从自己内心的人："我一直相信自己，我知道我会成功……"自信虽然不是幸福的保证，却必然是幸福每一次诞生时的温床。所以，我必须相信自己书中的人物。我应该这样说服自己：他们尽管长相普通，但有时也会展露出一些吸人眼球的怪癖或做出一些让人意想不到的事情，从而使他们的人生也能动人心弦。我尽管如此预设（"所有人的人生都能打动人"），却仍然期待他们当中再额外出现一个有趣的灵魂。话虽这么说，但应该会有一两个读者，或是男或是女，对分析2005年生在巴黎的一个年轻人为什么对一切都感到厌烦感兴趣。当然，从出版业角度看，这是一个鲜有人关注的主题，但话说得好：任何一本书都有其读者。

*

当然，我可以修改现实。在这里那里即兴增加一些曲折的情节，或为主人公添上一些迷人的神经官能症，这都不难。《童年的许诺》难道就一丝不差地反映了罗曼·加里①的母亲的真实形象？作者在讲述那个不知疲倦、爱心泛滥的女性的故事时，难道没有放大其特征？她对儿子的那种疯狂的爱，以及把儿子抬得比星星还高的态度，使她显得崇高而极度浪漫。在所有的自传作品中，都免不了有想象的倾向。

① 罗曼·加里（1914—1980），法国小说家、外交家，龚古尔文学奖历史上唯一两次获奖的作家。——译者注

*

杰雷米是否看出我有所担心？我正思考着，他却站了起来。看到他这样从椅子上站起来，我感到有些诧异。他不再是刚才那副样子了，目光也比先前热情了。

"就这么定了。我们有了一个正式的传记作者。"他说。

"谢谢。"我回答说，但不是很清楚他是在赞扬我还是仅仅想客观地陈述一个观点。

"不过，我更愿意让阿梅丽·诺冬①来写。"

为了装出一副轻松的样子，我对他的俏皮话笑了笑。这还是挺积极向上的。可以说，他是一类正在消失的人群的典型样本：一个能引经据典的青少年。说实话，此番社交方面的突破在当晚是独一无二的。不应该太苛求了：一餐饭回答一句话，这已经很多了。

然而，他话少并非因为缺乏鼓励。瓦莱莉逼儿子健谈一些，儿子最后结结巴巴地说，他很失望，维基百科中没有自己的词条，否则他就不用做自我介绍了（这种幽默没有得到太大的回报，因为他讲话声音太轻了）。在母亲的施压下，他最后叹了一口气，说，他最喜欢的颜色是蓝色。我也试着

---

① 阿梅丽·诺冬（1967—　），比利时法语小说家，当代法语文坛最畅销的作家之一，她的小说常以自己的身世为内容。——译者注

来点嘲讽，强调说，在我的叙事手法中，色彩元素是多么重要。俏皮话在这种有点冷淡的美好气氛里也被撞得粉碎。但问题没那么严重，我可以等待新人物向我走来，就像玛德莱娜或帕特里克。说实话，写虚构作品时也会遇到这种情况。我可以创造一些毫无行动愿望的男女，还得忍受他们的意愿，或者换句话说就是：我还得忍受自己想象出来的人物的坏脾气。

12

如果我不在场，今晚晚餐的主持者又会是谁？只需看看高高地放在客厅里的大电视机就知道了。我进入了一个疲惫的家庭，这个家庭任自己走入了某种日复一日的例行常规之中。他们本是同一条生活之船上的乘客，最后却形同陌路，擦肩而过却视而不见。此种同一屋檐下的悲剧虽然常见，却令人悲叹万分。生活难道只是一台催人厌倦的机器？我努力想象瓦莱莉和帕特里克相爱、做爱、外出旅行、梦想未来的情形。这对幸福的父母，拥有两个快乐的孩子。这些景象都去哪儿了？我可以写写这个被岁月的重负压沉的世界。我总是在现在的面孔上看到过去，在成年人身上看到儿童，在互相厌倦的夫妻的影子中看到激情的闪光。尽管那些人在迎接我时有所保留，可我还是十分感动。我能感受到他们的脆弱，也能感受到他们之间的某些感情，两者遥相呼应。我们在让人窒息和麻木的日常生活中团结起来。

既然瓦莱莉请我吃饭是为了减轻她母亲身上的压力，那么她也应该想到，我的出现将给她的家庭带来新的活力。他们必定不会对这种滑稽的情景无动于衷。但事实上根本不是如此，我仍然是个外来闯入者。我清晰地感觉到瓦莱莉试图掩饰自己的失望。她儿子并不听话。至于她女儿，瓦莱莉一眼就看出她不会有丝毫参与的意愿。我一到她家，她就低声地跟我谈论她女儿："劳拉已经到了叛逆的年龄，我们跟她什么都讲不拢。"我不能说劳拉对我不好，只是冷漠而已。她的整张脸都散发着极度的渴望，想去别的地方。她心不在焉，让我觉得自己仿佛正面对着马列维奇①的《白上之白》吃饭。

她在上高中二年级，不是很清楚自己以后想做什么。这是她母亲忧虑的来源之一。从第一天晚上开始，她就在逃避任何自我介绍，说："我一点都不想让您写我。这是我的权利。"这让我立即产生了深入挖掘的愿望。吃饭的时候，我观察了她好几次，但得不出什么结论。她可能忧伤、普通、激烈，内心深处隐藏着极大的好奇心，麻木、爱幻想、忧郁、野心勃勃、充满创意，还有什么？也许她自己也不知道？在她这个年龄，命运往往像是草稿，可以被改来改去。吃饭过程中，她看了我好几次，目光可以说有点不客气（这人是谁？），但我却感到她身上存在着某种温柔（他的那个愚蠢的写作计划让我感到些许痛苦）。我心里喜欢这样问自

---

① 卡西米尔·塞文洛维奇·马列维奇（1878—1935），苏联画家，至上主义流派的开创者，主张抽象至上。——译者注

己：她是谁？她在我的书中会变成什么样？但我并不会纠结于该在书中的第45章还是第114章揭开她的面纱。她完全就像是一个小说中的人物，完全属于那种能推动情节发展的角色类型。

13

这顿晚餐并没有兑现它所有的诺言。但我不应该期望我和我的人物在一起的每一秒钟都能给我这部野兽般的小说提供食粮。我的写作计划要求尽量接近真实，所以，其中可能有沉默的时刻，有的叙述也并不完全具有价值。我可以在事后对过于无趣的时刻进行加工。一辈子的生活都是那么地扣人心弦，谁会相信这样的故事？日常生活中，我们通常都是在一大块无聊的四周绣上一点点波折来作为点缀。所以，我应该满足于已有的分享，从此番开头中看到广阔的前景，那是它所应允的诺言。而且，我也很喜欢允诺这一概念。

鉴于晚餐的情况，瓦莱莉建议我不如次日中午一起吃饭。这样她就可以更加自由地跟我说话。她没有弄错，在这之前，我低估了这一问题的重要性。同时面见所有的主角，收获显然没那么大。分开来见，他们会说得更加痛快；就像警察审讯犯人一样，把同谋一个个轮流押上来单独审问，防止他们串供。

于是我离开了马丁家。哦，我忘了说了，这是帕特里克的姓。马丁这个姓在法国很常见。我无法准确地计算我遇到一个姓马丁的人的几率有多高，反正挺高的。通常，在我的小说里，人物都有个精心雕琢的姓。我喜欢在姓里塞入字母K。我总觉得，字母K能让我的主人公更加扣人心弦。所以，我不否认，遇到姓马丁的一家人，我觉得是一个让人不安的征兆。用马丁这样的姓能写出一部好小说吗？

为了安慰自己，我在互联网上搜索了一番，敲出了他们完整的姓名，刚好碰到一连串的帕特里克·马丁或瓦莱莉·马丁。这让我非常高兴。首先，要让自己在脸书上永远不被人找到，马丁是个理想的姓。一个心理变态者绝对不可能找到他在派对中遇到的一个叫瓦莱莉·马丁的人的痕迹。马丁一家有一种巨大的匿名力，这无疑给了他们一种在人群中生存的战斗力。他们就像是拥有了一个中国人的姓氏一样。而这，这绝对太富有传奇性了。

我想研究几个与我小说中的人物同名同姓的人。因为我有点想知道他们当中谁比较与众不同，能脱颖而出（每个人所好奇的地方都各不相同）。在数百个帕特里克·马丁中，最抢眼的是个大老板。而且，他还是法国企业运动联盟①副主席。马丁确实是个适合领导的姓，容易与员工储蓄和裁员

①法国企业运动联盟，法国最大的雇主联合会。——编者注

计划扯上关系。至于瓦莱莉·马丁，我的目光被弗尔里埃勒比伊松的一个女正骨医生吸引住了。由一个叫瓦莱莉·马丁的人来治疗椎间盘突出，这令人安心。拥有这个姓名的人绝对不会移错椎骨。显然，弗尔里埃勒比伊松那地方对建立这种让人安心的形象有帮助。这座城市的名字是如此柔软与惬意。它很容易让人设想出这样的场景：在瓦莱莉·马丁的候诊室里，就诊者可以喝着茉莉花茶等待。我记下了地址（将来腰痛的时候可以用），然后继续搜索。杰雷米·马丁这个姓名也同样多如牛毛。我最后找了东南部某大区议会的一个议员，他是女议长的得力助手。显然，姓马丁的人当中，有的是权力部门的人。我设想了一下他的靠谱程度。"打电话给杰雷米·马丁，告诉他，马赛的廉租房档案资料有问题。"女议长应该常常这样说。"可是，议长女士，他正在休假……""我说了，打电话给他。"她做得太对了。杰雷米·马丁完全属于那种可以中断假期的人。他马上就夹着文件，离开了巴利阿里群岛。他的妻子和三个孩子送他到机场，挥手向他告别，动作一致得令人不可思议。一到办公室，他就对女议长说："没问题，由我来办。"大家都感到很舒服。

最后，我有一个小小的惊喜。在搜索引擎搜索劳拉·马丁时，我的目光刚好落在一个比吉纳①女歌手上面。②一个

---

① 比吉纳，源于安的列斯群岛的一种民间舞曲。——译者注
② 其实，搜索结果里还有Bred大众银行的一个女客户经理，就在那位女歌手的链接的下面。——原注

比吉纳女歌手，没有比这更令人向往的了。我马上听了她的歌，叫*Ti Paule*，一首真正的马提尼克[1]式的颂歌，散发出潘趣酒和唾手可得的幸福的味道。在Deezer[2]上听她的歌时，我也读了有关她的评论。用户Pimpky 46贴了这么一条："耳中纯粹的阳光！而且，这样闯进男性领域很不容易！向你表示尊敬！爱你！"这个劳拉，多么勇敢啊！脸上总是带着微笑，展露出斗争的优雅。

我浏览了所有这些页面，想让自己安心。我不知道为什么自己会因人物的姓而焦虑不安。得知玛德莱娜姓特里科时也是如此。我觉得，对一个小说中的人物来说，最重要的是他的姓，其余的一切都由此决定。不能选择人物的姓，我觉得就像一个父亲不能给孩子起名一样。所以，我找了几个马丁的人生来考察，尤其是姓与名和这家人完全相同的马丁，以评估这些姓名有多少可以写作小说的潜力。我放心了，最终觉得很高兴能与我的马丁一家在一起。

---

① 马提尼克，法国的海外省，位于小安的列斯群岛中向风群岛北部。——编者注
② Deezer，法国在线音乐网站。——译者注

14

我是晚上快11点的时候回家的。书桌上，电脑开着。我可以看到离开之前写的最后几个字。几小时前，我可以说是对虚构小说心生厌恶，于是下楼到街上去寻找故事。我觉得这一切都很疯狂，很不合适，不过，这并不重要，不要试图给我们的直觉安上一个名字。我所知道的是，我现在手头有了一整个家庭，共五个人物，我可以讲述他们的生活。一想到要重新见到他们，要去了解他们的故事的后续，我就激动万分。现在，我先做个小小的汇总摘要。

我对人物的所知（1）

玛德莱娜·特里科，80岁左右（我没有问过她的确切年龄）。寡妇，有两个女儿：瓦莱莉和斯特凡妮，其中一个去国外定居了。两姊妹之间显然有矛盾。玛德莱娜曾在时装界工作，对拉格斐有所了解（待挖掘）。提到了以悲剧收场的初恋。迫不及待地想了解得更多。深受记忆衰退的折磨。据她女儿说，这是阿尔茨海默病的早期症状，但我一点都没有察觉到。

　　瓦莱莉·马丁，45岁。已婚，有两个孩子。为了不给母亲造成压力，她认为我也应该写写她和她自己的家庭。职业：巴黎郊区某中学的地理与历史教师。经常去看望母亲。好像不是太开心。

　　帕特里克·马丁，与妻子同龄。在保险公司工作。被上司德茹瓦约（名字待核）召见，三天后面谈。担心被解雇，被开除。似乎属于悲观忧虑之人。外貌特征：有小胡子（我还不知道这一细节有什么用处，但我记下来了）。

　　杰雷米·马丁，15岁。典型的青少年：整天睡不醒，无精打采。但已证明有些许幽默感。

　　劳拉·马丁，17岁。挺神秘的，整个晚饭过程中几乎没有说话。除了对我不信任，我还觉得她有些心不在焉，好像整天在想心事。我不想生气，但她很像是一个藏有秘密的人。

15

认识他们的第一个晚上，我做了一些奇怪的梦。马丁全家都在激烈地指责我，甚至威胁说要杀我。对我来说，任由我的人物宰割，这是不可能的事。不过，我觉得自己很尊重他们，做任何事情都先征得他们的同意。为什么我的无意识感到自己陷入了困境？写作是一种背叛，成为作家是罪犯们的宿命。也许我预感到这样的时刻终会降临：我的人物们会不能容忍我写他们。我就这样醒来，嘴里满是预兆的酸味。

16

瓦莱莉建议我到她单位去找她，这样可以一起用午餐。她对我的写作计划似乎很上心。想到自己英明地接受了她的建议，我心里宽慰了一点。但我并没有因此而放弃我最初的灵感来源，打算下午去看望玛德莱娜。我的生活现在归结为与这个家庭的成员见面。

离开公寓的时候，我看见旅行社的那个女职员在抽烟。那个女人，前一天晚上我还在心里说，她有可能是我小说中的女主人公。我总能在公寓的楼下看到她。我是否可以同时写一本以她为主角的小说？我可以同时写很多本小说，最后看看哪本最有趣。不，这不可能。我应该忠于自己最初的直觉。更重要的是，我还应该忠于巧合。我立即放弃了这一不忠的写作计划。

而且，确切地说，我喜欢瓦莱莉。处于中间状态的人物，一直对我有吸引力。既不幸福，也非不幸。他们在一个奇特的区域过着默默无闻的生活，个人前途问题丧失在匆匆流逝的岁月迷宫中。但是，人们清楚地意识到，这种状况再也不能继续下去了。失望日积月累，开始变得难以忍受。人们感到一切都有可能随时倒塌。她迎接我时的那种微笑只能加强这种感觉。我看到她在操场尽头大老远就挥手跟我打招呼。她敏捷地穿过操场，好像松了一口气，终于有机会逃离学校一小时了。

通常，她在食堂吃饭，在教师专用餐厅。老师们谈的都是学生及其遇到的困难，这并不是真正的休息。瓦莱莉本可以一个人去街角的一家餐厅用餐，这样可以好好地松口气。但万一被人遇到，她很可能会被人说东道西。大家会认为她不服从集体生活的约束。向往孤独往往会被视作一种反社会的态度。在人际关系中，一切都很复杂，以至于人们有时会放弃与人交往的欲望，以避免可能要进行的辩解。所以，瓦莱莉从来都不把午餐时间留给自己，任凭自己被一起生活的义务所裹挟。这就是她热情邀请我一起吃饭的原因。在外有约是一张合法的通行证，一份神授的托词。

17

我们来到一家普普通通的小餐馆坐下。大堂尽头的一个大电视屏幕上在放着音乐录像带。我觉得瓦莱莉略微打扮了一下自己，但妆容又很淡，所以我不是很确定。她也许想在我的书中展现自己的最佳状态。[①]我正准备尽最大可能地利用时间，多问她几个问题，可她首先开了口：

"今天上午，我买了一本您写的书。"

"啊，谢谢。我本来可以送您一本的。"

"别谢我。我只是想多了解一点我将把一切都告诉他的那个人。"

"可以理解，但我在小说中很少谈论自己。"

"我已经发现您的小说自传性不是很强，但我想这还是能让我略微了解一下您。比如，通过您的语气。我只读了几页就已经觉得书里有种看破红尘的讥讽。"

"啊，是的……也许。这是您的感觉。"

"您没感到有点压抑吗？"她笑着问。

---

① 她不知道我不太喜欢描写人物的外貌。——原注

"我？没有……一点都没有。"

"您的幽默有点压抑。"

"您说是就是吧。"

"但我觉得这很有趣。"

"谢谢。"

"我能问您一个私人问题吗？"

"可以。"

"您结婚了吗？"

"……"

我完全可以不把这场谈话和我将给她的回答记录下来，让我的小说中只有与马丁一家有关的内容。但我不能隐瞒可能产生的互动，那种互动是我的写作计划的组成部分。在介入别人生活的同时，我也和他们一样，成了书中的主角。所以，不排除我也会成为这个故事中的一员。

眼下，我应该回答。怎么回答？谈论自己，我总是难以启齿。我的小说不是自传体的，我的人际关系更不是。我从来不觉得有必要向谁倾诉。当然，在困难的时候，亲友的建议和鼓励会是一种安慰，但我觉得在剧痛当中没有任何话可说。我常常被沉默治愈。而且，还有另一件事，说起来也许很荒谬，那就是：我觉得我比任何人都熟悉自己。我明白自己犯了什么错，清楚地知道自己错过了什么。所以，我把隐衷藏在心中。有时候，比如在跟朋友吃饭的时候，我也会讲讲自己，但那只是在不得不分享秘密的时候做出一点姿态。写作成了我心心念念的东西，这其实一点都不奇怪。它是远离自身的最佳旅行办法。我更多是想逃离自己而非理解自己。可现在，我得向瓦莱莉——同时也向读者——讲述自己的感情史。事情永远是这样的：在雨滴般的询问中，不湿身是不可能的。必须不断地说自己是谁，喜欢什么，是干什么的，独身还是已婚。所以，对我来说，坦露自己就像在门口的马路上度假。

瓦莱莉又重复了一遍问题，这让我不知所措。我又想起了瓦莱莉说我的话。她说我有一种"颇为迷人的"幽默感。这绝不会让人觉得是一句好话。毫无疑问，这场午宴来者不善。我去那里是为了写她，绝对不想制造任何麻烦。将真人写入作品的麻烦在于：必须跟他们保持足够的距离。态度冷淡达不到任何目的，而过于热情又可能扭曲故事。写虚构作品就不会碰到这种问题，我的人物绝不会真的想跟我建立关系。朱丽叶会问莎士比亚有没有结婚？我开始怀疑自己是否有能力实现这样的计划。况且，如果我太有魅力，瓦莱莉应该就会不太放得开。一段时间以来，我的诱惑力就跟伯格曼①的（没有字幕的）电影一样。

不要再搪塞了，尽可能地保持自然就可以了。"我没

---

① 英格玛·伯格曼（1918—2007），瑞典导演、编剧、制作人，主要作品有《秋日奏鸣曲》《芬妮与亚历山大》等。——译者注

有结婚，"我回答说，"我刚独身不久。"我从瓦莱莉的目光中看出，她想了解得更多一些。总之，很明显，她等待我再多说一点。我这样做了。我最后的伴侣，跟我共同生活了六年之后，决定离开我。这其实是迟早的事。毫无疑问，生活中有高潮有低潮。但我一直认为，我们的故事是充满激情的，内心的游移无法否定本质的东西：那时的我们相爱情深。我之所以讲述自己，是因为别无选择。有付出才有收获。瓦莱莉以这样的问题作结：

"很抱歉问您这个问题，但您肯定她没有外遇吗？"

"我想不会吧。"

"您不相信她有外遇？"

"不相信。说实话，这一点我敢肯定。我知道，她如果有外遇，是会告诉我的。"

"要分手的时候人们说的并不总是实话。"

"我们不是这样的。"

我又补充了一句："以上。"通常，这意味着说话的人想结束一个话题。我不想继续说下去了，便对她说，玛丽走的时候说了这么一句话："我喜欢孤独胜于喜欢你。"是的，她就是这样对我说的。我恨透了她。但我想，她这样说，目的是想让我痛苦，因为她无法激起我的反应。她向我发送的所有信号，我一概没有看见。她忧伤，她对我的爱已经消逝，她缺乏快乐。她离开的时候，我明白了许多事情。我突然感到了一阵忧郁，这种忧郁，我还以为几个星期前就

已经从我的生活中消失了。幸亏,瓦莱莉在一种十分微妙的冲动下,打断了我的话:

"您一定不好相处。我敢肯定,跟作家一起生活,肯定让人难以忍受。"

"……"

"不过,和您在一起至少会一直有这样或那样的新鲜事发生。"

最后,她掀开了谈话的盖子。她在暗示自己的夫妻生活死气沉沉,但她说的时候嘴角挂着微笑。人们往往会在绝望之前说些讽刺的话。在我提到自己的离异生活时,她已经看到我的生活动荡不安。如果自己过得不好,你会觉得别人的生活都非常美好——一种很不理性的判断。如果我说我得了癌症,她会说:"啊,太好了!至少您的身体中发生了些新鲜事。"我觉得,我已涉入这个女人生活中最重要的时刻,这种感觉比以往任何时候都要强烈。

18

为了让瓦莱莉满意，我已经谈了我的感情生活，现在我们该集中谈谈她了。但我得讲究方式方法，不能允许完全的无政府状态，任她东一句西一句地讲自己的事或是心中近来累积的怨恨。她明白了我的要求，顺从地道了歉。我首先想弄清楚她的工作环境。她已经在维勒瑞夫的卡尔·马克思中学工作了十二年。每天坐地铁上班，一成不变，乏味得要死。听她讲话，让人感觉她的欲望好像一年年逐渐减弱了。她充满激情地回忆起在大学学习历史和当老师的最初几年的情景，她真的不知道从什么时候开始，事情朝不好的方向发展了。她记得，有一年，秋季开学时，一想到要回学校，她就一点都打不起精神来。她觉得暑假太短了。

也许只不过是因为她的工作比以前更难做了？人们越来越频繁地听到学生家长的抱怨声，有些家长甚至会动粗。教师成了一个充满危机的社会的发泄对象，在郊区的中学尤为如此。可事实完全不是这样。瓦莱莉在学校里从来没遇到过大问题，她觉得大多数学生都很认真，都希望学到些什么。有人曾介绍她到巴黎市区离她住处不远的一所中学工作，但她宁愿留在维勒瑞夫。她已经在那里留下自己的痕迹，她乐于在那儿伴随一些她特别喜欢的学生成长。那她为什么体会不到教书的乐趣了呢？

几个月前，她曾向一个女同事吐露了心声。那是一个教西班牙语的女教师，年龄比她大一点，两人关系很好。"你的这种感觉是完全正常的，"那个女同事对她说，"每个教师的心中都会产生这种感觉，不是在今天就是在明天。教师的职业生涯建立在一套与日期相关联的常规之上，每年都是在9月开学，假期也都是固定的，最后让人觉得岁月一年年黯淡，生活过得无滋无味。要改变它只能靠你自己。你可以带领学生去进行教学旅行，革新或创造某些东西……"她的同事说得没错。瓦莱莉觉得自己被这种习惯性的生活压垮了，但并不寻求与之搏斗，虽然她有很大的选择余地。她最后决定带学生去奥斯威辛[①]。这场旨在牢记恐怖行径的旅行让学生们都变了样，把全班同学紧密地团结在一起。然而，她清楚地记得，当天晚上，在克拉科夫的旅馆房间里，她难以排遣极度的空虚感。她的生活中极其缺乏某种东西，但她不知道是什么东西。

---

① 奥斯威辛，波兰南部城镇，东距克拉科夫约60公里。第二次世界大战期间，纳粹德国在此建立关押犹太人的集中营；战后成立奥斯威辛博物馆，以纪念战争中的死难者。——译者注

这些隐私好像突然让她感到难堪。她改变了话题，想重新谈谈我。"我承认我跟您不是很熟，但我跟我的一个教法语的女同事谈起了您。如果您同意见见她的学生们，她会感到很高兴的。"

"好的，也许以后可以。但现在，我要集中精力写小说。我希望不要改变话题，继续谈谈您。"

"您真的对此感兴趣？"

"您丈夫也问过我这个问题。"

"这是我们的一个共同点。"她嘲讽地说，丝毫不加掩饰。

"不管怎样，我当然对此感兴趣。厌倦是我们这个时代的一个重大问题，其原因必然是我们与快乐的关系发生了彻底的变化。"

"什么意思？"

"现在，所有人都奢望幸福。这会不可避免地改变我们的期待。"

"随您怎么说吧，您说的都对。"

"我看到周围的人都在换工作。'跳槽'成了标准的常态。四十岁的时候，人们会意识到自己不想再在房地产公司干下去了，而更喜欢去教瑜伽。到处都这样。教师有什么理由不受影响呢？就凭他们是公务员？您的观念真让我觉得难以理解。您也许喜欢做别的事情？"

"反正不是教瑜伽！让我感到伤心的是，我不再对我的职业感兴趣。说心里话，我不愿意做改变。我仅仅是想重拾念想。"

"缺乏念想，我真的理解。"

"总之，您所提到的职业生涯碎片化现象，还是有道理的。我有个朋友以前是儿科医生，但她后来中断了这份工作，停止了一切，到科西嘉岛开了一家奶酪店。那是一个十分出色的女人。您不如写写她。万一您对我失望了，我可以把她的电话号码给您。"

"您没有让我失望。"我立即回答说。

听到这种不同寻常的恭维——恭维她成了一个让人感兴趣的女主人公，瓦莱莉似乎很高兴。我并没有打算如此投入地进行交谈，而是想悄悄地待在幕后，收集那些隐私。但这个话题打动了我。这种失去念想的感觉，我熟悉得很。我就常常迷失在小说中，再也感觉不到任何动力。然而，就好像发生了奇迹一般，对词语的爱好不时地恢复。人在写作时很容易就成为一个两极分化的人。所以我理解瓦莱莉，理解她被困在已经变得黯淡乏味的职业中的感觉。

19

时间一分钟一分钟地过去，我们很快就要告别了。我本来可以等到下次见面再问她关于她姐姐的事的，但我老想着这事：

"我能跟您谈谈其他事情吗？"

"当然。"

"昨天，我感觉一提起斯特凡妮，气氛就有些尴尬。您母亲似乎也不自在……"

"……"

"这是怎么回事？"

"有些事情我不想说。"

"我理解。"

"别垂头丧气的。我答应过要说实话，我说到做到。但要说我姐姐的事，现在还为时尚早。"

为了在午餐快结束的时候获取一些素材，我傻傻地加快了速度。然而，我清楚地意识到，那是一个敏感的话题，而且肯定令人痛苦。我怪自己过于鲁莽。她都已经那么坦诚了，甚至允许我走入她的家庭。于是，我让她明白，什么时候讲，主动权掌握在她手里，没有任何人强迫她讲。我相信，要想得到更多，就不要逼人太甚。我写作时就常常这样，不绞尽脑汁地寻找字句，而是等待它们自动跳出来。

我们像经常在一起午餐的朋友那样离开了餐馆。这场交谈简单而顺利，如果她能再延长一点时间的话，那就更好了，我会感到更高兴的。但瓦莱莉下午还有课，她已经迟到了。我向她伸出手去，但她却凑过来贴了一下我的脸颊，说："今晚家里见。"说完，就步履匆匆地走了，显得很开心，但走了几米，她又转过身来。"我得对您说……我想，我不再爱我丈夫了。我要离开他。让您知道这一点很重要……对您的小说来说。"然后，她继续往前走，仿佛她所说的事根本就不重要似的；仅仅是小说中的一个分号。

20

我惊呆了。为什么要突然跟我说这个？甚至不让我有回答的可能。我心想，她这样做是为了让我的小说更好看。她还特别强调了一下："让您知道这一点很重要……对您的小说来说。"这么说，她告诉我这个秘密是用来丰富我的写作计划的。午餐过程中，我多次感觉到，她担心自己的生活不够曲折。为此，我还不得不说些话来让她放宽心。她对我陈述这件事，是想告诉我，她的生活其实与我感觉中的恰恰相反？她的内心所想真的和她口头说的一样吗？前一天和我共进晚餐的是一对关系紧张的夫妻，他们一起过日子，却已没有真正的感情。但她告诉我这么隐秘的事情，还是让我感到很奇怪。尽管我们有约在先，可我对她来说毕竟还是个陌生人。我逐渐开始觉得，事实恰恰相反，是我的出现促使她把自己心里的话说了出来。在让她讲述自己的同时，我还在推动她重新清醒地看待自己的生活。我当时没有预感到这一点，但从现在开始，我可以这样说了：我闯入马丁家将造成一些破坏。

21

　　不久以后，瓦莱莉跟我讲了一些细节。她丈夫已经不碰她了，她对性生活已经死心了。是的，她是这样说的：对性生活死心了。这几个字是那么地粗暴。没有人会再看自己一眼，这让人死了的心都有。

　　但瓦莱莉心里很清楚，还是有人会喜欢她的。她的一个男同事，数学老师皮埃尔，对她的暗示越来越明显，恭维说她气质好，或者建议她下班以后去喝一杯。她对男性的表示并非无动于衷，但在内心里，她仍觉得这很可悲。她不想放学后在维勒瑞夫的某个旅店里与某个只能勉强让她动心，同时却根本不想离开自己太太的男人行云雨之事。这种可怜的通奸行为让她感到恶心。她希望有人触碰她，但并非不设条件。缺少爱并不能弯折她的身段。

　　她拒绝了皮埃尔，皮埃尔最后跟玛丽卡睡了，那是学校的生涯规划师。这事弄得大家都知道，让瓦莱莉感到很恶心。她不愿意自己成为被人嚼舌头的可怜虫。她想象着那两具可怜的身体在几个星期或者几个月里交缠在一起的情形。那两人没有任何产生强烈激情的可能。不可能的，这样的事情不可能发生。一切都已经写好，这是一个平平无奇的故事。然而，这时出现了一个让人意想不到的情况：皮埃尔的老婆发现了丈夫的奸情。大家以为会上演一出夫妻争吵的大戏，但是没有。厌倦透顶的时候，人就会这样：当对方背叛你的肉体的时候，你不会有任何反应。皮埃尔陷入了疯狂的人性悖论，心中受到了极大的伤害。他宁愿妻子有所反应，哪怕只有一点点，但是没有。她什么都没说，以后也什么都不会说。

瓦莱莉相信，自己丈夫的反应肯定不一样。尽管他已经不碰她了，但看到老婆给他戴绿帽子，他还是会崩溃的。这样一想，她心里好受了一些。互相觉得自己仍有一小部分属于对方，这也许就是他们所剩的一切。

22

午餐后，我决定去找玛德莱娜。她笑眯眯地欢迎我，然后马上到厨房去给我沏茶。可以说，跟昨天的情景完全一样。我在客厅里又想起了我的奶奶与外婆。我常常问自己，她们的日子是怎么打发的。玛德莱娜也同样。她白天都干些什么？买东西，散步，看女儿，有时也去看外孙和外孙女。我想她也会看电视（我奶奶整天一动不动地看法国电视一台）。可以这样度日吗？当日子屈指可数时，我们会跟时间保持怎样的关系？这些问题一直萦绕在我脑际。

当她从厨房里出来时，我问她上午过得可好。她马上回答说："啊，我一直没停过。"我不知道她都忙些什么，但我得到了她的回答。她好像一点都不感到无聊。我发现老人家很少感到无聊，这挺让人感到奇怪的。和孩子们相反，孩子们一分钟不动就会抱怨。到了一定的年龄，人们跟时间的关系就变得不一样了：不再整天忙碌了。我还记得，有一天，我透过窗口，看见奶奶坐在沙发上发呆（她住在一楼），好像在冥思，不，她好像在内心度假。可以看到她脸上有各种表情，但显然没有无聊。

正当我想从回忆的场景开启话题时，玛德莱娜问我：

"昨天跟我女儿谈得怎么样？"

"很好。"

"她丈夫呢？你觉得他怎么样？"

"很和气。"我觉得自己不能不这样回答，因为我要保持中立。

"杰雷米呢？我敢肯定他一定讲个没完。"

"……"

我们谈的真的是同一个人吗？一千个读者的眼中必然有一千本不同的小说。但我觉得把那个不出声的少年解读成话痨，那是绝对不可能的事。难道他把话都藏在心里，只在外婆面前才全都倒出来？玛德莱娜最后对我说，她很高兴我也能写写她家里的其他人，这减轻了她心里的负担，因为她觉得我对她的期望太高了。瓦莱莉正是这样想的。而且，我会发现她说得对，她母亲的记忆确实不太牢靠了。这是我和玛德莱娜第二次见面，我发觉她时有失神。不是太严重，但也许是因为她女儿的话，我格外注意罢了，但我觉得她忘词的情况越来越明显。

我建议一起翻翻相册。于是我们走向过去，开始了图片之旅。照片上记录了她和女儿们如此之多的记忆。我看着七八岁时的瓦莱莉。我刚刚跟这个已经长大成人的孩子午餐，想到这里，我感到有些汗颜。看着照片，我仿佛看到了她眼中的忧伤，它与我在餐馆发觉的那种忧伤相对应。我们能从一个孩子的表情中预料到她未来的波折吗？看着昨日的瓦莱莉，我的目光应该受到了今日瓦莱莉的影响。在其中的一张照片上，她姐姐拉着她的手。斯特凡妮显得更加阳光，但这道阳光有点让人目眩。

还有那么多记忆要回顾。我的目光偶然落在她的一张结婚照上，当然是黑白的。①这让我重新产生了谈一谈勒内的愿望。但我不想惹主人不高兴。沉浸在已经不再存在的东西当中，这种痛苦我可以想象。生活中失去了另一半，这种惶恐，人们假装习惯了，其实那只是人类的一种礼貌而已，我们的心已经破碎。说实话，玛德莱娜一开口，我就感到了跟昨晚同样的事情。她希望能跟那个男人度过一生，但对未来毫无激情。谈起他，就像谈起一个同路人，可以说就是个朋友。她谈到了他的内向，一直谈到他死："他很痛苦，但最后还是走得很安静，是在睡着时走的。"接着她又低声补充说："一如梦想中的样子……"

确实如此，人一生的最后一个梦想，是在睡眠中离去。

她提到的这种内向，我可以在照片中察觉到。那个男人

---

① 黑白照片与某些情景如此协调，真是不可思议。它可以突出缺乏色彩的事件。——原注

似乎喜欢后缩，露出淡淡的微笑，并不是很自在，站在那里好像很尴尬，一个影子般的男人。她又跟我说起了勒内对工作的热情。他太喜欢RATP了，每个地铁站的掌故他都知道得一清二楚。没有比线路延伸更让他激动的事了。当人们宣布7号线将延长到维勒瑞夫的那天，他就像登上月球的阿姆斯特朗①。玛德莱娜说，他对直线的这种执迷应该从他的童年去找根源。她给我重复了那个小故事，勒内当时不得不躲在电影放映厅里。她还强调说，这种事发生了好多回。所以，他一定是生活在恐惧中，必须永远躲起来，永远不能睡在同一个地方，连大气都不敢出。他母亲后来被捕了，组织中的一个成员揭发了她。她很快就死了，可能是被折磨死的。但这仅仅是一个假设，他的家庭无法知道真相。所以，玛德莱娜相信，他对直线的爱好，是这种到处躲藏、动荡不安的童年造成的。奇怪的理论，但可以自圆其说。地铁是绝对不会偏航的。地铁的线路是世界上最让人放心的道路，是解开一切流浪漂泊与受追捕之毒的良药。

勒内不喜欢变化，这完全符合逻辑。正常的节奏和熟悉的地点是生存的基础。每年夏天，他们都在同样的地点度假——维希②的一个度假营。她从我的目光中看出，这个城

---

① 尼尔·奥尔登·阿姆斯特朗（1930—2012），美国航天员，于格林尼治时间1969年7月20日晚乘登陆舱在月球着陆，21日凌晨踏上月球，成为第一位登上月球的航天员。——译者注
② 维希，法国南方城镇，以温泉著称，第二次世界大战期间是纳粹德国扶植的傀儡政权的实际首都。——译者注

市让我联想到通敌卖国，便说明道："是去泡温泉。"一个在战争中失去母亲的孩子，每年都想去那里度假，我觉得这很奇怪。她越是讲她丈夫，讲他对可以预见的东西的爱好，我越觉得他令人费解。依循常规的背后有一种强大的传奇般的力量。而且，大多数心理变态者生活做事都极有规律。当然，我不会把这种看法告诉玛德莱娜，但看到我对她丈夫很感兴趣，她非常高兴，仿佛我赐予了他死后的荣耀。

23

玛德莱娜有时好像在一个平行世界里游荡，悬浮在对过去的感觉中，但我不知道那是一种怎样的感觉。她直视着我的眼睛，对我说："勒内是个好丈夫、好父亲，但我最爱的人叫伊夫。我是在22岁那年遇到他的，三年当中，我们的生活十分美满，但他突然离开了我，去美国定居了。我痛苦万分。那是我一生中最痛苦的时期……"玛德莱娜突然止住话头。有的故事只能突然中断，就像被情绪送上了断头台。我不知道该说些什么。当然，关于那个男人，我希望向她打听得更多一些，想弄清他们分手的原因，但我已被她感动得难以组织语言。刚才，她说出了那几句情绪那么强烈的话。她的信任打动了我。她向我这个陌生人吐露了一直让她心痛的事情。

我沉默了许久，最后问她：

"您从来没有去打听过他的消息吗？"

"没有，我再也没有见过他。这么说吧，有一次，我差点再见到他……"

"什么时候？"

"我真的忘了。那时，我的两个女儿十一二岁了。一天，我在香奈儿公司的办公室收到一封短笺。我都不知道他是怎么找到我的。那时我已改了姓……"

"他知道您在时装界工作，可能给所有的时装公司都打了电话，寻找一个叫玛德莱娜的人。"

"可那个时期，许多女人都叫玛德莱娜。"

"总之，他在到处找您，并且找到了。然后呢，发生了什么事？"

"什么都没有发生。"

"什么意思？"

"他给我写了一封短笺，因为他到了巴黎。他说，如果能再见到我，他会很高兴。就这样，就几行字，外加酒店的名称，在沉默了这么多年之后。我应该很高兴才是，但事实恰恰相反。我怪他突然又重新出现。我已经有我的生活，我的工作，我的女儿们。我已走出困境了。他这样做不好。我想我不会去的。我态度很坚决……但是……"

"您最后还是去了？"

"是的。愿望太强烈了。再说，我也想知道他为什么那样离去。不弄清这一点，我会疯的。所以，我去了他住的酒店……"

"然后呢？"

"连影子都没见到。他当天早上就离开了。命运不想让我们见面。这让我重新陷入恐慌。我老想着那场差点发生的相遇。"

"这太可怕了。他一个字都没有留下？哪怕是地址？"

"没有。由于我没有去，他觉得没必要留下什么痕迹了，我是这样想的。"

"完了？"

"是的。"

"您从来没想过要去找找他？"

"怎么找？"

"我不知道。在键盘上敲出他的名字，在互联网上找，或者在脸书上找。他叫什么名字？"

"伊夫·格兰贝尔。"

"您希望让我试试吗？"

"试什么？"

"试着找到他。"

"……"

玛德莱娜点点头，我当她是同意了。我在手机上打开了脸书，刚好看到几个伊夫·格兰贝尔，但好像只有一个跟他年龄相仿。很难有比这更快的调查。现代科技想必让很多私家侦探失业了，跟踪盯梢的时代一去不复返了。这个人的简介表明，他住在洛杉矶。我问玛德莱娜想不想看照片，她又点点头，然后不动声色地说："是他。"她应该是受惊了。她继续盯着年轻时候的恋人，最后说了一句："他没变。"在小说中，我可不敢写这样的句子。她能这样说那个男人，我觉得真是太了不起了，要知道，离最后一次见面几乎已有六十年了。感情的力量是能让时间停止流动的。

　　我想她一定想对他了解得更多。进一步搜索应该不是太复杂的事，但刚刚看到的东西似乎让她失去了所有的力量。她现在想歇一会儿，对此我完全理解。把我送到门口时，她又说："谢谢。"我并没有做什么特别的事。不过是在手机上输入了一个人的名字。最后，她拉住我，说："我知道我很烦人，有时会昏头昏脑，但有件事我很肯定：我想再见伊夫一面。我想在死之前再见到伊夫。"

24

我下楼梯时走得越来越慢，最后坐在了一级台阶上。"死之前"这种说法让我吃惊。看着那个男人的照片，她立即就下了决定，她还有最后一个任务要完成。在交谈过程中，我不由自主地产生了一个难以置信的愿望。当然，我不否认，我考量的主要是我的小说。但假如我自己遇到了这样的事，那会怎么样？是这样，肯定是这样。我已经看见自己跟玛德莱娜去美国的情景了，为了写一写他们重逢的美好场面。

这个故事让我想起了最近看到的一则报道。几张照片传遍了全世界，让人们深受感动。诺曼底登陆六十五年之后，一个美国大兵找到了他爱过的一个姑娘。这种神奇的命运让他们欣喜若狂，他们手拉着手，满眼泪水。岁月匆匆，一切都已老去，唯有爱情依然如故。看着他们，就应该相信这一点。

正当我的伤感跑偏时，我突然产生了一个疑问。与我和瓦莱莉见面的时候产生的疑问相同。两场会面奇怪地互相呼应。仿佛她们两人都在致力于制造某种叙事张力。具体到瓦莱莉,我就更不用怀疑其制造张力的意图了。在我们见面的最后一刻,她转身向我走回来,向我宣布她要离婚了。这显然是想制造一种悬念。正如电视连续剧往往会在每集的最后揭露一个事件,以引起观众想看下一集的强烈愿望。英语中这叫"cliffhanger",意思是让观众像"悬在悬崖上"一样。瓦莱莉就像是一个写自己生平的电影剧作家,让我充满期待。如果我能把这个故事写出来,也许也能让读者产生这种期待。

现在,玛德莱娜也如法炮制。当然,我不相信她是有意为之,那么地有叙事意识。我难以相信她能完全掌握悬念这个概念。但在最后这一幕中,有所有必要的因素。接着会发生什么事情?她想重新见到伊夫。我觉得,我肯定会在组织这场重逢的过程中发挥某些作用。我的出现再次让她的生活恢复了生机。我就像个与她不期而遇的心理学家。初次见到她,觉得她没什么要疏导的,但三分钟之后就觉得她有问题了。这可不是一个随随便便的病症,而是埋在心底的宝藏。玛德莱娜看到伊夫的照片,心里肯定激动得厉害,但我能感觉到,她也在为能够向我吐露自己的秘密而高兴。为了尊重勒内,她从来没有向女儿们提到过她充满激情的初恋。我的小说让她终于可以写下自己的故事了。

25

　　一到外面，我就在街区的马路上走了走。我向四周望去，看到的尽是小说中的人物，没有一个居民。我经常坐在咖啡馆的露天座上，为过往行人创作故事。这回，我站了起来，以结束想象。继续写我的小说时，我觉得它现在有一种向情感小说发展的趋势。在瓦莱莉的不确定性和玛德莱娜的回忆之间，我花了很多篇幅书写极度痛苦的心灵。这让我有点厌烦，因为人们有时指责我写爱情写得太多。但话要说清楚：这不是我的作风。我服从人物的生活。将每个个体的情感故事放在相对优先的位置，这似乎就成了理所当然。

26

天已经黑了。我这次是两天以来第二次去马丁家吃晚饭了。我故意提前到，希望能跟孩子们谈一谈。来给我开门的是劳拉，她送了我一句"晚上好，作家先生"，然后就没其他话了。她说完立即就回自己房间去了，把我一个人晾在走廊里，让我不知做什么好。难道她看我不顺眼？瓦莱莉前一天曾对我说，她女儿在中学里还是属于很受大家喜欢的人。但我现在看到的却是一个野性十足的青少年，对我十分警觉，好像我是一道突然出现的物理化学题似的。这代年轻人好像不再因突然出现的事物而大惊小怪，但她并未因此而放松警惕。由于过度使用社交媒体，一钱不值的人也能一举成名，所以得加倍警惕。我就像个特务，她没做错。

我没有别的选择，只能一个人忐忑地往客厅里走。正如我每次应邀去别人家那样，我看了看书架。我觉得，看看他们有什么书，就能完全了解他们。买公寓的时候，我直奔书架，想看看书架上有些什么小说。如果没有小说，我二话不说，扭头就走。我不可能去买一个不读书的人的资产。这就像有些人得知几年前此地发生过恐怖命案后就不会买这里的房产一样（每个人都有其偏激的一面）。有人相信鬼魂，我也完全相信世上存在未开化的幽灵。

在马丁家的书架上，我看到了几本经典名著、几本畅销书和三四本龚古尔奖获奖作品。从文学角度看，我正处在一个习惯于阅读大家都在谈论的书的中产阶级家庭中。但让我感到意外的是，我竟在一堆大众读物中发现了一本埃米尔·齐奥朗①的《论诞生之不便》。我觉得这就像马克斯兄弟②演了一出悲剧一样不可能。拿起那本书的时候，我看到了一个标签："Folio丛书买二送一"。这么说来，那位罗马尼亚哲学家是搭上了促销赠品的顺风车，才得以与畅销书并驾齐驱，一览后者的风采。如果他还活着，他也许会喜欢这一极具讽刺性的场面。这时，我想起了他说过的一个句子："传记作者的存在竟没有让任何人放弃拥有一生，这真是不可思议。"这跟我的写作计划有着某种形式的共鸣，因为我正成为马丁一家的传记作者。

---

① 埃米尔·齐奥朗(1911—1995)，罗马尼亚哲学家，20世纪怀疑论和虚无主义思想家。——译者注
② 马克斯兄弟，即格劳乔·马克斯(1890—1977)、哈珀·马克斯(1888—1964)、奇科·马克斯(1887—1961)，好莱坞著名的喜剧明星组合。——译者注

27

时间一分钟一分钟地过去，我还是一个人待在客厅里。我没有别的选择，只有：

拉格斐的逸闻趣事（1）①

　　拉格斐把童年时期的房间里的部分家具保留了一辈子。这是玛德莱娜告诉我的。我觉得这个细节太迷人了，我用这个词并不是为了让这个用来填补叙述空白的段落显得更加引人入胜。不，我觉得，更令人好奇的地方在于，拉格斐并不将童年视作一个非常快乐的时期。我想起来，他在一次采访中甚至说，他在迈克尔·哈内克②的《白丝带》极度严苛的气氛中完全认出了自己。我略为深入地研究了一下这个主题，偶然

---

① 正如我计划好的那样，当我感到叙事张力正在减弱，或者我的人物给我提供的内容不足以引起读者兴趣的时候，我便拿出卡尔·拉格斐来。——原注
② 迈克尔·哈内克（1942—　　），奥地利电影导演，主要作品有《钢琴教师》《爱》《白丝带》等。——译者注

在《解放报》上看到了这项声明："我觉得童年的境遇让我感到耻辱。"这让我们对他的经历有了一个大概的了解。于是，我们一定会对他保留童年家具的原因产生疑问。如果一个艺术家是个一直在回顾童年的成年人，事情在这里就不一样了。我属于这样的人，认为事物本身都带有过去的痕迹，比如说墙壁、街道或者是树木。所以，他终生保留的小书桌，从某种意义上来说，是他的才能的第一见证者。他就是在那张桌子上完成了他最初的画，那是他的创造性世界的起源。所以，拉格斐想保留在身边的，不是他所摈弃的那个时代的物品，而是他初涉艺术的物质见证（对应于人，就是永远把自己的母亲留在身边）。

28

必须相信，叙事来自践行叙事。因为就在讲述拉格斐的这一逸事的时候，杰雷米出现了。跟妹妹相反，他不但没有避开，反而坐在了我身边。我产生了自信，问他是否能去他房间看看。他同意了，但我很快就意识到，他属于那种只说"是"或者"不是"的人，不想展开谈话。这是个惜话如金的人。他说话的时候，永远都不能把话说完；在他身上有些未完成的东西。说得更清楚一点：他似乎觉得自己所说的话不太有趣。

我想，这不足为奇。青少年时期，人的自我认知会遭毁坏。这也许可以这样解释：童年往往是一个王国，在那里，自己就是世界的中心。父母不知不觉间以极端的方式让子女自我膨胀。他们召之即来，孩子画什么他们都说好，跳的舞蹈再难看他们也拍手叫好。总之，孩子会感到自己是天之骄子，结果在随青春期而来的真相里摔得鼻青脸肿，之后才知道脚踏实地。如果在他们小时候就让他们别那么自我地接触现实，那么他们成长中所遭遇的青春期危机肯定会小得多。杰雷米以及其他每一个青少年，他们都如同一个歌星，有一首歌成功地打入了流行乐热门榜单，但此后经历了一个十分复杂的阶段，因为大众似乎不再喜欢他。于是他进入了生命中的这样一个阶段：什么都没怎么经历，却已经感觉到has been[1]。过去的消失让青少年们感到痛苦，所以他们害怕未来。

当我的目光扫视着墙壁时，上述理论在我的脑海里一闪而过。房间里贴着几张海报，毫无生气。从这些海报上可以看出，他对音乐有着强烈的爱好。他的心在涅槃乐队[2]和安琪儿[3]之间摇摆。一群压抑的男青年和一个充满生活乐趣的年轻女子（两者声音的差异很大）。看着第一张海报，《少年心气》[4]，我问他"少年心气"意味着什么。他马上嘀咕道："有烧焦的味道。"这句话真长！不过，我还是又一次地对他机智的回答表示了赞赏。我们谈了几句科特·柯本，他似乎对我讲述的东西很感兴趣。1991年，这个声音奇特的乐队一炮而红。三年后，其主唱的自杀更像一声惊雷。我曾亲身经历

① 英文，意为"已经经历过"。——译者注
② 涅槃乐队，美国垃圾摇滚乐队，组建于1987年，由主唱兼吉他手科特·柯本（1967—1994）、贝斯手克里斯特·诺沃塞利克（1965—　）和鼓手大卫·格鲁（1969—　）组成。——编者注
③ 安琪儿·范拉肯（1995—　），比利时女歌手，2017年正式出道，法语流行乐坛最受欢迎的新生代艺人之一。——编者注
④ 《少年心气》，英文名为Smells Like Teen Spirit，涅槃乐队1991年专辑《从不介意》（Nevermind）中的一首垃圾摇滚风格单曲，是该乐队的代表作。——译者注

那个时代。我利用这个机会把话题转移到著名的"27岁之咒"上。以下是死于那个年龄的乐坛明星的黑色名单：詹尼斯·乔普林、吉米·亨德里克斯、吉姆·莫里森、布莱恩·琼斯、艾米·怀恩豪斯。但我突然停了下来，不再讲这阴森的逸事。我不想把杰雷米变成我的密友，让他产生如此病态的倾向。我在他睁得略微有点大的眼睛里看到了这一点。他看着我，仿佛我是在建议他进学习班学习怎么割脉似的。

最好还是改变话题，谈谈别的事情。我继续观察环境，发现书并不多，他只有几本经典作品，应该是在学校里读的——《查第格》《红与黑》。有件事让我惊讶：我们第一次吃饭时，他提到了阿梅丽·诺冬，这让我觉得，站在我面前的是一个文学爱好者。我错了。他解释说，他根本就没看过她的小说，但班上的一个女同学很崇拜她，什么都跟她学，穿成一身黑，戴着宽檐礼帽。为了和他套近乎，我对他说，我跟阿梅丽·诺冬很熟。但他好像完全无动于衷。可能是因为察觉到了我脸上失望的表情，看到了我费很大劲想拉近与他的距离，他结结巴巴地说："我想见的是姆巴佩[①]。您认识他吗？"哎呀，我懊恼自己没有遇到过姆巴佩。我的小说可能要黄了，因为我很少认识足球界的人。几年前，我在圣艾蒂安书展的图书沙龙上遇到过多米尼克·罗歇托[②]，

---

① 基利安·姆巴佩（1998—　），法国著名新生代足球运动员。——译者注
② 多米尼克·罗歇托（1955—　），法国著名足球运动员，曾获法兰西荣誉军团勋章。——译者注

跟他谈起他与莫里斯·皮亚拉①一道拍片的事。但我怀疑杰雷米不会对此感兴趣。最好还是改变话题。

我开始问他的日常生活，上学啊、朋友啊什么的。从他的反应来看，我觉得自己惹他烦了。很清楚，他后悔让我进了他的房间。他心里肯定在想，最好像他妹妹那样，无视我的存在。他出于礼貌才回答，大部分时间里都答话模糊，心不在焉，有时支支吾吾地发出一些拟声词似的声音，克洛德·列维-斯特劳斯②应该会喜欢研究他。总之，我从他那儿挖不出任何东西来。这个人物走不通。

然而，我继续问他问题，想从他身上得到哪怕是一丝能写的东西。

"你真的不喜欢？"我装出随便的样子，尽量避免责怪的口气。

"一般。"

"什么意思？一般是什么意思？"

"就是说我不是太喜欢，也不是不喜欢。"

"好吧……音乐呢，你喜欢吗？海报，你喜欢安琪儿？"

"不是特别喜欢。小时候我常在墙上挖洞，所以我拿些

① 莫里斯·皮亚拉（1925—2003），法国电影导演。——译者注
② 克洛德·列维-斯特劳斯（1908—2009），法国人类学家，结构主义人类学创始人。——译者注

海报把它们遮起来。"

"你听什么音乐？"

"没有适合我的音乐。"

"那你空闲时间干什么？"

"我在网上跟哥们儿一起玩游戏。"

"……"

"不过，我很喜欢看电视连续剧。"

"啊，很好。你看什么连续剧？有什么可以推荐我的吗？"

"我不知道。"

"你不知道？什么意思？"

"没有任何适合我的连续剧。"

"……"

连续剧，就是连续不断的风景，画面从眼前经过，到了下一集就被遗忘了。但杰雷米可以稍微努把力，讲出个片名来啊。我得不断地重新提问，要他讲得具体些，单向输出是很累的。突然，让我大吃一惊，当我们的谈话陷入冷场时，他来努力填补了。

"学校里有个女孩企图自杀。"

"啊……这太可怕了。"

"是的。"

"你认识她？"

"不认识，仅仅是遇到过而已。"

"你知道事情是怎么发生的吗？"

"起初，大家都以为她受到了霸凌。老师们不断地提醒我们提高这方面的敏感度。他们要求我们，假如看到有学生受到嘲弄或类似的事情，要立即告诉他们。"

"这么说，那个女孩不是这种情况？"

"不是。人们在她的房间里发现了一封信。"

"她解释了她这样做的原因？"

"是的。"

"她写了什么？"

"很怪的东西。"

"你不想告诉我？"

"我想。可是……"

"可是什么？"

"她说自杀是撒旦的意愿。她听见了一个声音……魔鬼的声音要她自杀。"

"她在信上写了这些？"

"是的。"

"你敢肯定这是真的，还是说你只是道听途说？"

"不，我看了信。学校里流传着一个抄件。那封信让人不可思议。"

"可以想象得到。"

"我把它抄下来了。您想看吗？"

"当然。"我说，并试图掩饰自己病态的激动。出乎意料，柳暗花明，惊心动魄。我也许可以把信抄下来，放进我的小说。

杰雷米走到书桌前，拉开抽屉，然后突然向我转过身来。

"您信了？"

"什么？"

"这一切都是我编的。为您编的。"

"可这又是为了什么？"

"我不知道。您好像对我说的东西感到失望了，所以我想这个故事会让您喜欢。"

"让我喜欢？我不知道该怎么说了……你太让人惊讶了。不，我一点都没有失望。如果你有这种感觉，那我非常遗憾。我想追踪了解你，想知道什么能让你提起兴致，想知道你是怎么看待我们这个时代、怎么看待未来的。我并不想要你为我编造什么，尽管我承认你这样做很善良。这是我的真心话。"

"谢谢。"

沉默了一会儿。我在心里不得不承认，我之前为他、为青春期所作的那番老掉牙的长篇大论是非常可笑的。现在，他的目光中似乎闪烁着什么东西。不是巨大的火光，仅仅是远处一根蜡烛的微光。没想到，关于这个人物，可以说开始看到曙光了。

29

一个小时后，我们五个人围坐在餐桌旁，跟昨晚的座位一样。由于我也拍过电影，所以他们不停地问我这个或那个演员是否好相处。对每个演员，我都说上几句套话，不敢暴露任何人的神经质。大家最后也就只能就天气或政治的话题泛泛而谈，没什么乐趣。

马丁一家吃饭的时候经常看电视，尤其是C à vous[①]节目。瓦莱莉特别喜欢节目的女主持人，她们在巴黎15区的一个旧货摊上遇到过一次。我的到来妨碍了这种像是天主教仪式似的东西，让全家人不得不陪着我说话。我自己也感到有点尴尬。我不敢看帕特里克，怕他从我眼睛里看出他太太告诉过我的东西。在保密方面，我从来都没有天赋。[②]这是我与他们相识后的第二个晚上。也就是从这一晚开始，我的写作计划就有了奇怪的进展。我觉得自己处于一档真人秀节目的中心，只是没那么歇斯底里罢了。

① 法文原意为"轮到你了"。——译者注
② 我的脸就是一本翻开（在最后一页）的书。——原注

最后，帕特里克开口了：

"我同意跟您聊聊，让您能了解我们的生活，正如我妻子要求我的那样。但我不觉得您每天晚上都应该来跟我们一起吃饭。最好的办法，当然是一对一面谈。"

"说实话，我觉得您说得对。"我说。

"明天中午来跟我一起吃饭。我给您看看我的工作环境。您会看到，它没有作家的工作环境好。"

"很乐意。谢谢您能够帮助我。"

"你呢，劳拉？"这时，瓦莱莉问她的女儿，她其实已经知道女儿会怎么回答。

"我没有改变主意。我才不在乎有没有被写进书中，而且，我不想这样暴露我的私生活。"

"别那么没礼貌，拜托。我倒觉得这将是一个美好的回忆。也许一百年后还会有人谈起我们。"

"嗯，是的，"我结结巴巴地说，觉得她有点高估了我，"如果书出版两个星期后还有人谈论，那就已经很不错了。"

"对了，我们可以在出版之前看看手稿，是吗？"瓦莱莉问，也许是为了安慰她女儿。

"当然。"我马上回答说，心想，如果我把它交给他们，这本小说就一点都不好玩了。我担心他们看到纸上的文字后，会阻止我的写作计划。这显然是不能答应的。

30

晚饭吃得很快，餐后各回自己的房间。我独自跟瓦莱莉留在客厅里喝茶。我不想再谈她跟我说过的关于她丈夫的事，这里不是谈这事的地方。我可不想窃窃私语。然而，一个问题老是纠缠着我：她之前突然说出了心中的秘密，这是深思熟虑的结果还是心血来潮？如果是后者，也许是我们的谈话引起的。她现在依然这样想吗？我深表怀疑。人们可以仅仅表达一种愿望，却不去实现它。当我尽情地想象女主人的情感道路的时候，她喜笑颜开地看着我。

"您真是个很特别的人。"

"是吗？是好是坏？"

"好。我喜欢。开始的时候，我觉得您很怪。但现在，我承认我开始喜欢了。"

"……"

她笑了起来，好像很为自己的回答感到骄傲。我认识她才两天，但我能感觉到，她已经很久没有笑了。露出这种快乐的表情，她的脸颊似乎有点不自在。我之前觉得她是个很封闭的女人，但现在，她显然从这场刚刚开始的历险中获得乐趣了。

　　她接着说：

　　"我不是很明白：您太太就这样离开了您。"

　　"不是我太太。"

　　"好吧，就说是您的伴侣吧。"

　　"瓦莱莉，感谢您为我考虑。但我真的希望我们不要谈论我的事情。"

　　"我知道，我理解。但我需要知道自己是在跟谁说话。您跟人们在互联网上所说的您完全不一样。"

　　"我不知道自己是什么样。我也肯定不想把自己的样子藏起来。您想与我交流，或者想使我们之间的对话更加均衡，这我能理解。但我到这里来是为了写一本关于你们的书，而不是写我。"

　　"这毕竟有些让人沮丧。我希望更多地了解您。"

　　"我们稍后再谈我好吗？"

　　"好的，但每天至少让我问您一个问题。这很合理。"

　　"每天一个问题？"

　　"是的。"

　　"好吧。"我挤出一个微笑，说。

　　以这种速度，她需要好多年才能完全了解我和玛丽的事。我们分手后，我不断地问自己，但没有得到任何答案。更糟的是，我觉得一切都越来越怪，越来越不确定。我已不能完全确定自己是否跟玛丽经历过同样的事。

31

自传方面的进攻一被化解，我就重新占了上风。我想利用我们两人独处的时刻谈谈玛德莱娜及其内心的秘密。母亲的初恋，瓦莱莉知道些什么？不怎么知道，她告诉我说。有时简短地提到过。她充其量只知道那个男人的名字和一点点细节，但从来没有掂量过他们之间的关系有多热烈。当我把事情告诉她时，她显得很吃惊。要承认，向陌生人吐露自己的隐私要比向亲近之人吐露隐私容易得多。她也觉得是这样。但玛德莱娜把自己的爱情经历藏得紧紧的，其实主要是为了维护女儿们的父亲的颜面。再说，瓦莱莉甚至不确定自己是否想知道得更多——她噘了一下嘴，表示不信，并露出厌恶的表情。况且，对瓦莱莉来说，设想自己的母亲有过一段被破坏的爱情，这绝对是一件奇怪的事，因为在她眼中，母亲一直在理性世界的范围内说话做事。

我给她看了伊夫·格兰贝尔的照片，也就是在脸书上找到的那张。她立即站起来去寻找酒瓶。"您觉不觉得，我们所经历的事情更像是威士忌而不是茶？"她问道，声音几近悲凄。我完全同意。①其实，我受不了烈酒，更喜欢红酒。但我愿意表现得顺从一些，尽量不让这个故事染上我喜欢的味道。我最后还是喜欢上了这种酒过喉头的灼热。我的头脑慢慢地开始发热，我甚至有点后悔这么多年来一直躲着威士忌。那种烈酒把我们推向故事的晦暗部分，令人痛苦的部分。玛德莱娜从来都不知道伊夫为什么突然去了美国。他那时也许没有勇气告诉她真相，但真相究竟是什么呢？很多年过去了，留下许多不解，让两人就像相识的第一天那样陌生。而一个法国作家现在正收拢起一片片碎屑，拼凑出一幅完整的绝望图。

---

① 我们可以把生活中的任何事件都与某种液体的颜色联系起来。有时候是鲜榨柠檬汁，有时候是樱桃伏特加。比如，今天早上，我因写作计划取得进展而感到非常振奋，完全是木瓜汁的气氛。——原注

32

我不知道我们的交谈持续了多长时间，但一段时间之后，帕特里克回到了客厅。确切地说，他只有一只脚跨入了客厅内，另一只脚还留在走廊里。他察看着我们，既惊讶又生气。"你们在喝威士忌？"他最后一字一句地说，等待着我们回答。我承认，看到自己的妻子跟一个完全陌生的男人在客厅里醉酒，他有理由觉得不合适。他很愿意帮助我完成写作计划，但什么都有个限度。我该走了。

我们三人匆匆告别。刚走到楼梯口，我想我就听到门后面传来了有点激烈的说话声。我这么晚还不走，似乎引起了一场争吵。我应该注意一点的，不要打破这个家庭的平衡，不要破坏马丁家的生态系统。电梯到了的时候，我已经听不到任何声音了。夫妻关系的紧张程度也许可以由此判断：就连争执也只能持续几秒钟。

33

步行回家时，我又重新审视了一下我所收获的丰富素材。当天稍早的时候，我在书架上找出了皮兰德娄的《六个寻找作者的剧中人》，我之前曾想起这个剧本。翻阅剧本的时候，我刚好看到了这个句子："生活中充满了荒诞，它可以厚颜无耻地显得不真实。您知道为什么吗？因为这种荒诞是真实的。"这么说，真实的事往往会显得不可信。我害怕抓住真实，因为人们认为它比虚构还不真实。我担心别人会不相信我，认为这整个故事都是瞎编的，认为我从来没有下楼拦住我遇到的第一个人。我所讲述的内容过于接近真相，结果使它听起来像是谎言。可我对此毫无办法：生活本就不是那么地可信。

我坐在客厅的沙发上，发了一会儿呆。由于喝了酒，我的脑子很热，这种感觉我觉得还是很舒服的。我还记得，在那一刻，我也喜欢上了心中涌现的那种孤独感。

几分钟后（也许停留的时间不止几分钟），我站起来，走向书桌。我将在那张书桌前花费很多时间，来把我正在经历的事情变成小说。当然，我每次都得尽快把我所收获的东西记录下来。我丝毫不相信自己的记忆力。

我对人物的所知（2）

玛德莱娜·特里科。尽管她女儿告诉过我她的健康状况，我还是觉得她在面对自己的过去时很勇敢、很清醒。向我具体讲述了她年轻时的爱情故事。可以认为，那是一场横跨了一生的爱情。男的叫伊夫·格兰贝尔，住在美国。我们在脸书上看到了他的照片。我完全可以用我的账号给他发消息。他离开的理由仍然是个谜。玛德莱娜一直在想他。我特别喜欢这个故事。在这本书剩下的部分里，它会占主要篇幅吗？对勒内也怀有柔情（我喜欢晦暗不清的形象和被遗忘的人）。还有几则关于拉格斐的有趣逸事压在我的手头。

瓦莱莉·马丁。对我完全改变了态度。好像对我的计划表现出了热情。可以感觉到她很想表达。同时也执着地希望对我有更多的了解。我得想办法躲开她的问题。感觉到她身上有一种普遍性的无聊。对工作再也提不起神来。重要信息：她希望离开丈夫。只是一时消沉？或是一项确确实实的决定？我担心她这样做是为了让自己在我的小说中显得有趣一些。

帕特里克·马丁。对我一直有点警觉。他今天没有吐露任何新的东西，但建议我明天跟他一起午餐。似乎在为自己的工作而担心，一心只想着即将到来的领导的召见。整场聚餐终了时他的妒忌却让我感觉到他仍然爱着他妻子。

杰雷米·马丁。似乎不太自信，这对一个青少年来说是很正常的。试图用一件四处拼凑的逸事来加入我的小说，太惊人了。感觉这个人物很有可能会给我一个惊喜。

劳拉·马丁。同样的情况。她不希望我写她。没什么好着急的。

34

睡觉之前，我给玛丽写了一条信息："你一直偏爱孤独吗？"但没有发走。我不想于现在谈论她，也不想她出现在这部小说中。

35

太阳升起来了，照亮了我这部小说中的第三天。喝咖啡的时候，我打开了电脑。我决定不回复收到的邮件，把外界的一切都看作对我的写作计划的阻碍。马丁一家现在就是我所信仰的宗教，我成了它忠实的信徒，对世上的其他宗教忍无可忍。我别无选择。在写作过程中，不应该被别的故事所吸引。我有时心不在焉，写得都不成句了。诱惑是那么地多，想象力频繁地制造出一些平行的情节，它们就像是奸夫情妇，将我从真实叙事中勾引开。

我开始将自己所拥有的素材加工成型。人物的色彩渐渐地出现了。可我依然会不时地问自己：我是否真的对这个家庭感兴趣？我是否正强迫自己对它感兴趣，以求不辜负自己的预设？为了不食言，我也许会拒绝目视平庸之物，给真实的东西披上一件美丽的外衣。我原本觉得自己触碰到了故事性强且激动人心的真实，但我现在已产生了怀疑。说实话，这是我的习惯。我的每一本书都是在不断抛弃昨日所喜欢的东西中诞生的。我的写作从来都不是轻而易举的，我从来不在确定的状态下写作。

正当我沉浸于环性心境障碍①式的思想中时，门铃的对讲机响了，打断了我的思路。通常，我不会应答。写作的时候，我往往装死。②但我有一种直觉，此人的突然来访与我的写作计划有关。确实如此：玛德莱娜到我家楼下了。我赶紧穿上衣服，下楼去接她。她知道我住这栋楼（第一次谈话时我就告诉过她）。她想尽快跟我说上话，但不知道其实可以向她女儿打听我的电话号码。什么事这么紧急呢？我想请她上楼喝杯咖啡，但正当我要发出邀请时，我眼前出现了我公寓里的场景。太乱了。她如果看见我是这么生活的，就可能会在我们刚刚建立的关系上止步后退。就拿我自己来说，我是不会把自己的隐私告诉一个把脏碗扔在洗碗池里几天不洗的人的。当然，我是作家：这是一个绝佳的借口，可以为一切混乱与懒惰的生活状态做辩解。我总可以辩称，在写作期间，我忙得完全无法去做任何家务。

最后，我们去了街角的一家咖啡馆。这时正值上午人迹稀少的时段，那地方空无一人。虽然玛德莱娜在醒来时觉得必须马上跟我谈谈，现在却似乎一点都不急了。她的脸上出

---

① 环性心境障碍，心境障碍的一种表现形式，患者的情绪常在欣喜与沮丧之间来回波动，但程度达不到诊断为双相情感障碍的标准。——编者注
② 这个句子稍后再仔细推敲。——原注

现了一种平静的神色，好像返老还童了。某种东西从日常生活中偏离而出，促使她做出了我称之为"小小的疯狂之举"的事情。她有多久没有这样偏离规划好的路线了？我感觉到，她很高兴能度过这几个新奇的小时。

她该向我解释为什么匆匆约我见面了。昨晚的大部分时间，她都在回忆我们的谈话。她所忆及的当然有在我们之间来回的词句，但主要还是伊夫的面孔。他竟然就这样从过去出现，完全破坏了她内心的安稳状态。而且，出现得那么快，在手机上输入名字，年轻时的恋人就出现了。我理解这有多么地让人不知所措。我对玛德莱娜说，我们运气很好，幸好他在脸书上有账号。找人很少能这么简单。而且，在浏览伊夫·格兰贝尔的个人主页时，我发现它几乎两年多没更新了。一找到他的页面，我就请求加为好友，但一直未被接受。我想他可能已经死了，可我不敢说出来。许多时候，人走了，账号仍在。我的朋友当中就有几位已经去世，他们生日那天，网上的自动提醒常让我心中不安。被迫将废弃账号从好友列表中删除，或从电话通讯录中删去一个已经不在的人的名字，这是当代社会的暴力之一。

我的思想为什么又飘向了病态，飘向了即将浮出水面的故事的最糟糕版本？在我面前的是一个怀中满揣着希望的女性，她重复着昨天对我说过的话："我想重新找到伊夫。我不知道自己还能活多久，但我离开人世之前一定要再见到他一面。我想再见到他，紧紧地拥抱他。我要问他为什么离开。问他这些年来是否想我。哪怕只有一分钟。我想重新见到他……"她说着这些好像已熟记在心的话。他住在洛杉矶，所以她要去那里找他，越早越好。可以感觉到她的态度十分坚决。那个字斟句酌、犹犹豫豫的女人不见了。我已经在想象这场有点疯狂的长途旅行了。这时，我问她为什么来找我。她只回答了这么一句："由于这全都是由您引起的，所以我要您跟我一起去。"

36

　　我因巧合而走到一个女人跟前，两天后，她竟然要我陪她到世界的另一头去寻找她年轻时的恋人。我很难找到比这更好的故事开头了，除非她能向我揭开一桩数十年来都不曾被供认但一直拷问着她的良心的罪案。一想到我将成为这个故事的证人，能近距离观察这一重新找回的爱情，我就激动万分。我已经开始在心里寻找能描写他们面孔的词汇了。也许只有描写了那一幕，我的书才有意义。

　　当然，结果还不确定，我还没有收到那个男人的回复。如果他不回应我在脸书上加好友的请求，我还是会给他发条消息。但如果是这样，我担心他不会去读它。现代化的思考方式纠缠着我，我不是很确定自己能够掌握它。我远不是一个科技迷，甚至有意避开社交软件，担心在那上面浪费太多的时间。对于一个好奇心强的人来说，这意味着巨大的危险。但脸书账号很适合我，因为用它的人少了，人们都去

"照片墙"①了。我也在谷歌上搜索过关于伊夫·格兰贝尔的信息，但什么都没找到。我觉得这太让人惊讶了，竟然能逃脱虚拟的渔网。人总会在某个时候在某个地方露面。我在各地都找到了几个同名的人，但洛杉矶一个都没有。

尽管我对将来会发生什么事情一点都不确定，但我得跟瓦莱莉谈谈这个计划。她也许会反对母亲做这样的旅行。孩子总有一天会成为其父母的父母，给他们划定一个范围，不管他们是不是能够接受。但玛德莱娜会摆脱女儿的限制的，我可以肯定。我可以感觉到，她正被一种十分强大的确定性所激励。

---

① "照片墙"，英文名为Instagram，一款运行在移动端上的社交应用，用户可以通过它来快速、有趣地分享随时抓拍下的照片。——译者注

37

在这期间，我得跟帕特里克再见次面，跟他一起午餐。我的时间难得这么紧张。我从来没有跟同一个家庭的成员这么密集地会面过，哪怕是我自己的家庭成员。帕索里尼《定理》中的故事①——除了性变态和性关系——发生在了我身上。我觉得自己跟帕特里克不是很合得来，但从某种意义上来说，这正合我意。直面一个对我的做法可能抱有敌意的人，直面一个厌恶我的人，我觉得这很有趣。

他态度不卑不亢地接待了我。他这样做肯定是为了讨好他太太。在人生的这个阶段，他觉得遇事最好还是后退一步。跟瓦莱莉一样，他最后也选择在他上班地点附近的一家餐馆与我见面。不过，保险公司的那栋高楼让我想入非非，楼里的自助餐厅挤满了公司职员。那种生活把我迷住了。当

① 意大利导演皮埃尔·保罗·帕索里尼（1922—1975）1968年拍摄了一部叫作《定理》的剧情片，讲述一个英俊潇洒的年轻人前往一个有钱人家庭做客，结果全家人都受其诱惑、为其疯狂，他离开后，这家人发生了一系列离奇变化。——译者注

我去学校见学生，谈我写的书时，我总是要求在食堂吃饭。看到涂着蛋黄酱的煮鸡蛋放在塑料餐盘里，我的食欲会到达高潮。

我会着重观察他的工作环境，以便能更好地了解他。饭后，我们也许可以到第14层转一转，他的办公室就在那里。帕特里克强调说："实际上，我是在第13层，但由于忌讳，这栋楼没有第13层。我觉得这很荒谬，楼层的命名不至于带来什么诅咒。如果有人很迷信，那他心里其实很清楚，他就是在第13层，哪管它电梯按钮上写着的是14还是13！"我不知道如何回答这种我认为很有道理的说法，于是，我只点了点头，表示完全同意。

38

几分钟后，我们坐在了一家意大利餐厅里，那里的午餐供应一款全包套餐。帕特里克选了这一款，并没有仔细看看究竟吃的是什么。纸质方格桌布和熄灭的蜡烛给那里带来了一丝残留的浪漫，让这场见面的气氛显得不太真实。要和坐在我面前的这个男人谈话，一定要付出一番社交努力，他想说话的愿望不是很明显。我不打算花费数分钟的漫长时间来转弯抹角。我直奔主题，大胆地对他说，他的生活好像并不愉快，他显然正在穿越一条很不平坦的路。我具体是这样对他说的：

"您眼下好像很艰难。"

"是的。"

"根据您昨天所说的来看，这种状况似乎正损耗着您的精力。"

"是的。"

"我不想拿我的写作计划来烦您，但我很高兴我们能谈谈。谈谈您心里是怎么想的，谈谈您的经历。我觉得您好像过得不太顺利。"

他什么都没说，好像很迷茫。我，一个陌生人，正在给他的日常生活做一份悲惨的笔录，而他根本就没有主动要求我这样做。我开了一个很坏的头。我首先应该说说快乐的回忆，讲讲他记忆中那着说不上来的明快色彩的东西。我本以为他会站起来离开，他却说了起来。他所处的这一阶段确实非常艰难，他不知道该怎么做才能从这险恶的旋涡中脱身。"您正遭受霸凌。"我只这样同情地说了一句，部分是为了弥补我开头时的粗鲁语气。他显得有点吃惊，有人竟能这样道破他所陷入的混乱。他强调说，并不是他个人有什么问题，而是公司正在进行中的重组给他的生活带来了麻烦。新任首席执行官德茹瓦约的到来把所有的人都打入了地狱。帕特里克几乎一字一句地向我重复了第一次吃饭时他已经跟我讲过的事。重复他的恐慌。于是我问他以前是怎样的情况——必须避谈当下。

他谈起可与黄金时代相比的昔日时，脸上重新出现了光彩。刚参加工作的时候，似乎一切皆有可能。作为一个商务人士，他几乎天天出差，拜访客户。他觉得自己的生活充满狂热，甚至在去贫穷郊区会见牙医时也能维持同样的热情。他太喜欢这份工作了，觉得自己有用：卖保险不是设法勒索某人的钱财，而是保护他，防范潜在的风险。说得夸张点，他觉得自己有点像先知先觉的救世主。每签一份合同，他的后背都一阵颤抖（每个人都有让自己快乐的独特方式）。鉴于他出色的工作表现，他最后进入了集团的管理层。这一升迁令他无法拒绝，但给他留下了一丝苦涩的味道。企业内的升迁意味着个人生活的倒退，这可能吗？他很怀念到处跑的时光。人们常常这样接待他："哎，马丁先生，来一小杯咖啡吗？"或者，如果是在傍晚："喝一小杯再走吧。我有一小瓶很好的朱丽娜[①]，您给我讲讲新鲜事……"他很怀念与客户在一起的那些快乐时光。花几个小时来分析数据，这样的工作令他提不起劲来。他有时想更换一条生活道路，但怎么更换呢？觉得自己没有选择，这是他最怕的事情。当然，他有时候会有一点点小乐趣。参与公司的发展，这毕竟也是挺好的事。工作出色，他很高兴。在他看来，这非常重要。帕特里克永远有着好学生的一面。[②]

2008年金融危机以来，许多事情都发生了变化。公司发生了亏损，导致许多人被裁员，而裁员又导致剩下的员工的工作节奏变得如地狱一般。帕特里克的职业生涯就像是一系列重组计划串成的链条。随着重组计划的推进，人不断地贬值。接着便来了一位新首席执行官：让-保尔·德茹瓦约。一个干瘪的高个子男人，就像贾科梅蒂[③]的雕塑作品。当然，他看起来没有那位瑞士天才的作品那么赏心悦目。突

---

① 朱丽娜，法国博若莱地区出产的一种葡萄酒。——译者注
② 而且，不仅如此，他一直是个好儿子、好公民、好丈夫、好父亲。总之，一个很快就要飞黄腾达的男人的优点他全都有。——原注
③ 阿尔贝托·贾科梅蒂（1901—1966），瑞士雕塑家、画家，代表作有《行走的人》《凌晨四时的宫殿》《市区广场》等。——译者注

然，他下了一道奇怪的命令：别人不能主动跟他说话。有人以为这是谣言，不是的，这是真的。总之，没有人敢违背上下级关系中的这种专制制度。所以，人们在走廊里遇到他的时候不能向他问好，除非他先开口。如果哪天他不愿意因礼节而被迫跟别人打招呼，他可以穿过整层楼而不说一句话。不过，如果他想跟某人说话，这个人就必须立即回答他。这种关系是单向的，表面上风平浪静，其实让员工陷入了持久的焦虑。遇到德茹瓦约时，他们直到最后一刻都不知道该说话还是沉默。有的折磨是无形的。

　　帕特里克又想起了老板的召见。"七十二个小时的折磨。"他直截了当地说。在知道德茹瓦约想要他干什么之前，还有不止一天。他也许很快就会被解雇。他都已经有预感了。他不会像其他同事那样在得知自己被开除时完全傻了。他尤其想起了热比埃，后者在自己房间里沮丧了三个月。继朗贝尔之后，他第二次回想起有员工被粗暴地解雇。帕特里克不时打电话给热比埃的太太，以便了解他的情况，事情似乎没什么进展。那么诙谐、在生活中那么快乐的人，现在却躺在床上度日如年，再也不想出门，不想见任何人，甚至不想见自己的孩子，而任自己胡思乱想，觉得自己没用。帕特里克认为热比埃是不会有自杀的胆量的，但也差不多了。不断增长的耻辱把他打翻在地，把这个人变成了影子。帕特里克不知道怎么才能帮助他，除了给他太太打几个电话——这单单是为了证明自己在场，哪怕只是语音上的在场。

热比埃的例子让他预感到自己也有可能被解雇。他"做好了心理准备",人们通常会用这一表达式来形容他。但这一表达式不太有说服力,因为在真正经历过这种情况之前,是很难衡量其影响的。总之,帕特里克已经准备好过另一种生活了。凭他的经验,他肯定可以重新找到工作,但这需要时间,因为符合他水平的岗位并不多。那样势必会出现财务危机。但还有另一件事老是萦绕在他的脑际:如何填满这几个无所事事的星期甚至几个月呢?不上班,他不知道时间表该如何安排。帕特里克问了自己几个问题,概括而言就是:自己还有激情吗?不管这问题显得如何奇怪,反正他觉得最近几年积累的紧张情绪已经把他变成了一个空壳。他一点欲望都没有。所以,他真的没有激情。不想看电影,不想看书,不想参观博物馆,不想散步,不想旅行,不想运动……他能预想到自己到那时的生活状态:整日游荡,就像无仗可打的士兵。在等待被解雇的时候,他眼前尽是这些空虚时光的画面。

39

　　几年过去，有些事情他已经记不清了。我们年龄相仿，互相可以理解。五十来岁的时候，想年轻已经太晚，但要成为老人，我们还有点年轻。我们航行在不舒服的中段。帕特里克心想，他花了那么多年来实现自己的理想：建立一个家庭，有一份好工作。但这一切现在都在哪儿呢？孩子们长大了，很快就要离开；婚姻已经淡而无味；职业生涯撞墙了。我理解他的感受。我说了几句套话，说人是具有反弹能力的，现在的情况一点都用不着悲观。但我每发表一个意见，他就坚持不懈地重复道："是啊，你说得倒容易……"[①]他以为我生活在一个王国里，无拘无束，没有任何困难。我没有反驳，免得谈起我，但我还是说出了这一观点：

　　"你不必对任何东西牵强忍受。你的职业前程非常光明，我敢肯定你能在其他地方找到工作。你有资源……"

　　"看得出，你不是生活在现实中。我有信用卡要还，孩子们的学费要交，还要赡养父母。永远都有账单要付。"

[①] 就在乳酪焗香茄被端上来之前，我们改用"你"相称了。——原注

"……"

"你能告诉我，为什么所有的孩子都牙齿不齐整吗？矫正牙齿贵死了。我们小时候，哪有这玩意儿。"

"是的，不过，看看我们的牙齿。"我想开个玩笑。

"你明白我的意思吗？我感到压力很大，喘不过气来。改变生活，谈何容易。也许在你的世界里是这样，在我的世界里那就是另一回事了。"

"我这样说，是想让你别那么消极。你在很多方面都做出了成绩，这还是挺难得的。"

"是的……这倒是真的。"帕特里克最后承认道，这时，服务员给他端来了一份漂浮之岛[①]。

他看了一会儿他的甜点，什么都没说。我从他眼中看出，他喜欢这甜点。是的，由于这甜点，我从谈话开始起第一次看见他笑了。当人们要到甜点中寻找安慰时，事情其实就不妙了。他像个孩子一样不知所措，再也无法像个成人一样做决定。这个男人，我对他下结论太早了，他还是很能打动人的。他觉得自己在职业上失败了，这肯定会影响家庭生活。瓦莱莉在说起他时毫不留情，她是否知悉完整的情况？我准备向她夸夸帕特里克的优点，为他说说好话。可这是我应该扮演的角色吗？我想写一本书，而不是成为一个调停人。但我既然介入了某个家庭的生活，就要面对它所有的矛

---

① 漂浮之岛，一种法式甜点，形状为英式奶黄酱上漂浮着蛋白酥，故名。——编者注

盾。我看到了全部，就像一个观众，目睹着一个走调的交响乐团。

　　显然，这对夫妇陷入了危机。但说实话，又有谁没有陷入危机？生活就是一系列的危机，不管是个人生活（青春期危机、中年危机、存在性危机）还是集体生活（金融危机、道德危机、公共卫生危机）。我还没有谈及危机在身体上的表现（比如肝脏或神经）呢。西方世界把危机变成了一个全领域的口号。实际上，它指向的是每个个体的绝对孤独。我常常想起阿尔贝·科恩①的那句名言："每个人都是孤独的，大家都不在乎别人，我们的痛苦是一座无人的荒岛。"至少，让我们一起期盼，这座岛是漂浮的。

---

① 阿尔贝·科恩（1895—1981），瑞士作家，主要作品有《魂断日内瓦》
　　等。——译者注

40

我必须再次小心，不要过度介入。我在那里不是为了发表意见，而是写他们的生活。我应该继续让他们说话，包括可能会让人痛苦的话。

帕特里克品尝着甜点，因能够慢下来而显得很是快乐。这时，我开始向情感生活领域发起进攻。他朝我抬起眼睛，我感觉到他在犹豫：他想回答我的问题？也许不是。他属于那种脸皮薄的男人，从不向别人吐露隐情，即使对方是最亲密的朋友，他也不会愿意。他宁愿把问题踢回给我：

"你呢，你最长久的关系有多久？"

"我？差不多……七年。"我回答说。我不确定此时心中所想的那段关系究竟持续了多长时间，因为其间有过多次分手，就像心脏停止跳动。但如果从头到尾来算的话，我觉得我们的关系大概持续了七年时间。

"那你无法理解。"

"为什么？"

"和同一个人一道生活二十五年，这对你来说就像个虚构的故事。"

在这一点上，他没有错。我尽管觉得自己体验过两人相处期间的疲倦，知晓两人相处的复杂，可还是无法想象两人在那么长的时间里都生活在一起的感受。我从他的目光中感觉到，他是根据我的职业来判断我的爱情生活的。在他看来，有过无数伴侣，这几乎是艺术家生活的品牌商标。他继续他的老生常谈，我不敢告诉他，对我来说，他才是艺术家。要跟某人共同生活那么长时间，必须有很强的表现意识（每个人都有自己的讽刺方式）。

"你有才能，这是肯定的。尽管如此，我不觉得你能想象我的生活。"他接着说。

"一点没错，这甚至就是我的写作计划的重点。努力弄清别人的真实生活中的焦点问题，而不是我自己生活中的。"

"你为什么不写你自己？所有的作家都这样做。"

"我不感兴趣。"

"你觉得我讲述给你听的事情会更有趣？"

"是的，你刚刚说了，我无法知晓两人长期生活是什么样的。所以，给我讲讲吧。"

帕特里克看了看表：他要回办公室了。但他知道得很清楚，我不希望他就这样扔下我一个人。眼看就要讲爱情故事了。于是他说，他会假称自己有个外勤会晤，以便在这儿和我一起多待一会儿。我非常相信他有讲述的愿望；为了送我一朵花，他买下了整整一束。他开始谈自己的爱情："我想，没什么可说的。很稀松平常。我的意思是，所谓日益磨损，是件很悲惨的事，但也是件稀松平常的事。问题最后归结为身体。是的。问题的根本是身体。曾经有一天，发生了一件非常奇怪的事情，甚至很可怕。我们违心地做爱了。之所以被迫做爱，是因为我们觉得必须让自己显得一直还有欲望，这就像是一种压力，压迫着我们。那情景，我记得一清二楚。我很累，想睡觉，但我看见瓦莱莉的目光在对我说：唉，又将是一个无性爱的夜晚。我甚至都忘了上次做爱是什么时候的事。我们有两个孩子，大家总是生活在一起，欲望大大地减弱了，所以双方都在假装。我们问自己：别人是怎么做的呢？他们在撒谎？他们在自欺欺人？他们吃药了？瓦莱莉希望我们两人一起去见个人，那是个顾问之类的人物，说可以帮助我们恢复欲望。这个主意也太愚蠢了，但好吧，我听她的。我想表明我心甘情愿。但没有任何东西可说。生活过得一团糟，就是这样。要么将就，没有欲望；要么分手。但我们确实很投缘。除了欲望这一点，我们没有任何理由要分手。在教育孩子的问题上我们很一致，我们看待事情的方式也一样，可以说，我们从不吵架。有时，我甚至这样想：这也许就是问题的所在。互相怨恨或互相撕扯要比相爱容易得多。我们的爱情在和善中奄奄一息，我们在海难中温柔地牵着手。我曾想再来一场艳遇，却觉得自己没有能力这样做。我的有些朋友背着自己的妻子搞外遇，我一点都不觉得他们做得不对。人人都听从自己的欲望，做自己能做的事情。但是，我做不到。我想，这甚至都不是一个爱情问题。我觉得，当我走向另一个女人的时候，我们的爱情就会宣告结束。我不愿意结束。而且，我永远不想结束。我知道我们受感情之苦，知道自己没有足够的力量来爱，可没有瓦莱莉，我就生活不下去。我需要她的存在。尽管我们互不说话，但我知道她在那儿。可我也清楚地看到，她恨我。我看得很清楚，她不再幸福。她指责我麻木不仁，说我从来什么都不管，说我再也没有做决定的能力。这些我都知道，但压在我肩上的这种重负让我无法回应。在相当长的时间里，我认为风暴，或者说危机，总会过去，它们都是暂时的，将来的日子会变美好的。但我们都被负面情绪的旋涡给吸走了，很难回到幸福当中。我不知道怎样才能让事情发生改变……"

我想对他说："把这一切都告诉她，把你刚刚对我说的话一字一句地告诉她。"但我觉得他是做不到的。最动人的表白往往找错对象。我们的谈话结束了，他得回去上班了。我们在餐馆门前握手告别，几乎就像朋友一样。他走了几米，又转身向我走回来，跟瓦莱莉告诉我她想分手的时候一模一样。他回来是想对我说："你知道，我爱瓦莱莉，我真的爱她。"

41

帕特里克完全清楚自己的处境。他说的有些话跟他妻子说的相同。对他们的日常生活，他们的看法相同，区别在于瓦莱莉想终止他们的关系。但我正等着再见到她，以确定她的意图是真是假。就在我想起她的同时，她发给我一条信息，想知道我跟她丈夫的午餐进行得怎么样。我想这样回答她："您会在书中读到的。"不管怎么说，我不能转述一个人对另一个人的评价。在我的职业活动中，有的东西是要保密的。但我想，她最想知道的是他是否合作。于是，我回答说，他是一个非常可爱的人。

我也许最后会成为他们之间的和好局面的缔造者，但应该注意，不要太受他们之间的事情的影响。无疑，我太敏感了，很难就这样成为一张吸墨水的纸，吸走别人的痛苦。我在想，医生或者心理学家是如何做到不被病人的痛苦忏悔与悲剧经历所影响的。是否应该像演员一样，回家的时候把自己扮演的人物留在化妆间里？我在观察马丁一家的时候，应该尽量少同情他们；必须保持一种稍显冷淡的临床叙事距离。但这样写作是不可能的。我们无法阻止自己的器质去体会客体。

帕特里克的态度确实让我惊讶。他玩的游戏超出了我的预期，尤其是在情感生活方面。他完全投入了，甚至在我面前宣读了一通爱情宣言。当然，我怀疑他的话首先是说给他太太听的。读了我的书后，她会明白很多事情。但让他产生这种态度的并不仅仅是这一点。下午，他给我发来一条短信，解释说："我希望你得到了你所需的一切。跟你谈谈还是挺开心的。为你的书加油。"我明白，他结束了我们的交谈。他完全把自己交付出去了，因为对他来说，这将是唯一一次见面。他同意参加我的写作计划，以便我可以有足够多的素材让他成为书中的一个人物，但他不想每天都被人跟着。当天晚上，瓦莱莉将向我确认这一点。

这种状况让人沮丧。我原先想更多地了解他的。比如，我想知道他跟德茹瓦约见面后发生了什么。我不喜欢情节中断，没有结尾。瓦莱莉会在这一点上让我放心：她会把事情告诉我，会帮助我把她丈夫的故事写完。从叙事的角度来看，这很让我满意（我不会错过帕特里克生活中的任何一个波折），但从情感的角度来看，这就不那么好了（我得通过他太太这块棱镜的折射来谈论一个男人）。事情就是这样：我得顺从我的人物的愿望，它跟虚构小说的主要区别也就在这里。在虚构小说中，我可以强迫任何人告诉我一切。

42

我得在晚上八点左右与瓦莱莉会面，然后一起去吃晚饭。她说她家附近有一家餐馆她非常喜欢。她在最后一条短信中补充说："您能在傍晚的时候先来我家一趟吗？杰雷米想见见您。"瞧，那个小伙子醒来了。他将向我揭露些许秘密或内心感情？这一消息让我感到高兴。而且，这正中我的下怀，因为我想平衡一下我故事中人物的年龄。考虑到我将跟玛德莱娜一起经历的事情，我需要年轻人来协调我的故事。我总是把要写的书看成一些几何形状的东西，要配以不同的力才能创造出和谐的作品。在我看来，小说应该是圆形的。

在等待再次见面的时候，我回到了家中，想记下帕特里克告诉我的事，但感到浑身疲乏。听别人说话需要一直集中注意力，比自己说话更累。现在，我甚至成功地睡了二十来分钟，这对我来说是件罕见的事。我患有神经衰弱，睡眠很不稳定。在这短短的午休过程中，我做了一个奇怪的梦：米兰·昆德拉来到我身旁，悄悄地在我耳边说了几句话，但我什么都没有听见。在我的梦中，他脸色严峻，好像准备告诉我一个重大的秘密，但我什么都听不见。这种寂静让我在醒来时有点失望，但这梦境却是如此地真实。我曾有机会见到那位大作家，他给我打过电话，这对我的耳朵来说是一种难忘的祝圣。但为什么我在梦中什么都没有听到呢？没有听见一个字，没有听见一声叹息。我是多么希望有人在这逗号的迷宫里引导我一下。

我在这种昆德拉的气氛中又待了一会儿，然后才回到电脑前。我登录了我的脸书账号，收到了几条消息，但我没有回复，尽管这有可能让人觉得我很无礼或忘恩负义，但我必须把精力集中在我的写作计划上。几年过去，我已成功地让自己不再去在意别人对我的看法。我不再总是处于别人评判的压力下，这让我感到很高兴。就在这时，我发现伊夫·格兰贝尔已经接受我加好友的请求。我不知道为什么没有立即注意到这一点。我的心情马上不可思议地激动了起来，仿佛涉及的是我自己的生活似的。我仿佛看见童年时期的恋人从过去向我走来。塞西尔·布兰谢，或塞莉亚·布埃。我差点因此而颤抖起来。我应该给他发消息，但发些什么呢？怎样才能找到话说？我成了一个我几乎不熟悉的故事的发言人。我对自己说，应该简明扼要。事实，除了事实还是事实。我是玛德莱娜·特里科的一个朋友，如果能重新见到他，她将会很高兴。这就够了。向您致以衷心的祝愿。不，太冷淡了。向您致以朋友般的祝愿。好多了。是的，更热情一些。

行了，消息发出去了。

我眼睛盯着页面，对方马上就读了消息。我尽管坐在客厅的椅子上，却觉得自己正在演一部动作片。我应该保持冷静，完全有可能是另一个人在管理他的账号。比如说他的一个孩子。我又陷入了悲观之中。乐观点！到现在为止，我的小说一切进展顺利，没有理由就此停止。啊，刚刚出现了一个跳动的省略号，这一符号表明对方正在回复我。是伊夫·格兰贝尔本人在打字吗？洛杉矶现在几点钟？有九个小时的时差。所以现在应该是早上七点半。行，我想他正在厨房里一边喝着咖啡一边给我回消息。也许他拿着手机躺在床上？不，我不相信。美国的老年人起床早，而且，他们做什么都很早。下午四点半到五点就吃晚饭了。我为什么会想起这些细节呢？是为了填满省略号跳动的这段没完没了的时间。脸书设计了这一点，应该就是为了让人们保持在线状态，让双方在交谈过程中耐心一点；为了让人们像等待在后台准备的演员一样等待消息；为了永远不中断联系。是的，是这样。永远不中断联系，甚至两句话之间的沉默都要有所消遣。当下总得发生些什么；即使是在什么事情都没有发生的时候，也得发生些什么。

终于，他回复我了："亲爱的先生，读了您发的消息，我非常感动。今天一大早竟然获知了玛德莱娜的近况，这简直让我错愕万分。我常常想念她。请代我转达对她最真诚的思念。请告诉她，重新见到她我将感到非常高兴。我已经很久没有回法国了。但如果她能来这里，我将非常高兴。再次感谢您为她做了这些。向您致以朋友般的祝愿，伊夫。"

可以正式认为，我的小说中有了一个新人物。这是一个多好的开头啊！我已经想去了解关于他的一切了。他是什么人？生活得怎么样？他为什么离开法国？我在想我的小说，同时也想到了玛德莱娜。恢复了这一联系，她肯定会激动得不能自已。人们常说，文学具有巨大的力量。自从我开始写这个家庭以来，他们生活中有那么多的方面变得如此有故事性，想起来真是不敢相信。

43

去见杰雷米之前，我到玛德莱娜家里去了一趟，把这个消息告诉了她。她好像并不吃惊。对她来说，事情从今天早上开始就很清楚了。她没有设想过其他的剧本。她的信念的坚定程度又一次让我倍感佩服，她的务实态度也同样让我钦佩。她把自己的护照递给我，问我是否能订两张机票。我成了她寻找记忆的私人秘书。猛然间，我感觉到有什么事也在洛杉矶等着我，但我不知道是什么。

玛德莱娜急切地要请我喝茶（每个人都有自己的仪式）。于是我们俩不慌不忙地坐了下来。她对我说：

"今天早上离开您的时候，我还以为我们不会再见了。"

"啊？为什么？"

"您还有别的事情要做，不能陪我到世界的另一头去。"

"恰恰相反，这绝对是我的写作计划中最激动人心的部分。"

"您真的这样认为？"

"是的。"

"您的读者也如此？"

"我们永远无法知道什么东西能让读者感兴趣。也许有的读者会跳过所有关于旅行的章节。但我敢肯定，所有留有遗憾的人都会理解您想重新找到那个人的愿望。"

"每个人都有遗憾，不是吗？"

"所以，您看，这是个好兆头。我们全都是抑郁者，人数众多啊。"

玛德莱娜没有露出一丝笑容，脸上又出现了严肃的神情。她的话让我吃惊。她怎么会以为我不愿意陪她呢？她心里一定认为，我最初的举动不过是一时兴起，我必定不会把小说情节铺得太开。她弄错了。很少有一个故事能让我这样地感兴趣。真实故事已然获胜，我不得不接受。而且，我惊讶地发现，玛德莱娜以及其他的那几个人物，他们都很想知道自己的生活能否让我的读者感兴趣，仿佛我的出版社的市场部经理已经渗透到了他们的灵魂里。

我叫他们不用担心，但说实话，我完全无法知道，对一个读者来说，什么是有趣的，什么是无趣的。我记得，有个记者给我的第一部小说写书评时说它打动了广大读者："这本书很畅销，因为它包含了所有成功的要素！"多么奇怪的句子。如果我知道什么是成功的要素，我早就按照这一套路来了，而且我也就不用在那么多年的时间里边写作边打零工了。如果真有什么成功的要素，大家都可以从容地成功了。这很荒谬。人们永远不知道什么能让人喜欢。读着我现在正在写的文字，有的读者也许会被吸引，而另一些则会厌烦得打哈欠。这不是我首先要考虑的事。如果我真的要为读者考虑，那么我首先要做的也应该是与我的人物建立起一种摆脱不掉的关系。

但为了让我的人物们放心，我准备妥协。为了努力吸引读者，我永远都可以依赖某些计谋。我可以让读者预测小说的结局。比如，让他们找找伊夫·格兰贝尔离开玛德莱娜的理由。这会让事情变得有趣，同时也可以卑劣的方式把他们吸引住。①

伊夫·格兰贝尔离开的可能原因

1. 他有个假身份，将被秘密警察发现。
2. 他得了不治之症，宁愿逃离也不愿死在他深爱的女人面前。
3. 他爱上了另一个女人。
4. 他爱上了另一个男人。

---

① 我还没有卑鄙到让每个读完这本小说的读者来抽奖，幸运者可获得一笔伦敦双人游的费用。——原注

5. 他与人合谋做了坏事，可能要进监狱了。

6. 他过着双重生活，在美国也有家室。

7. 他是个虚无主义者，知道所有的故事都有个结尾，他宁愿如甘斯布①所写的那样，"逃离幸福，以免它自己逃走"。

8. 他再也无法忍受法国。

9. 他发现玛德莱娜其实是他妹妹。

10. 他中了彩票，但不想与人分享。

关于那与我有关的事情，我隐约有些直觉，但我倾向于保密，以免影响他人。

---

① 塞尔日·甘斯布（1928—1991），法国歌手、词曲作家，法国流行音乐史上最重要的人物之一。——译者注

44

我结束了内心的这些题外话，脚踏实地地重新回到具体的人与事当中。我问玛德莱娜为这趟旅行准备了多少钱，她说这可能是她最后一趟长途旅行了，她想让自己高兴高兴，或者说是想让我们都高兴高兴，因为她坚持要帮我出机票钱。总之，我一直陪着她，所以她想感谢我。我回答说，我也从中得到好处了呀。我希望这样能让她改为以情感作为回报，但是没用：她还是邀请我坐飞机。我们说好，我来负责订酒店和租车。是的，我知道，这些素材可能显得多余，但自从我打算依据现实来写作的那一刻起，我就不能将技术层面的事撇开不谈了。看某些电影的时候，我会问自己，片中的人物怎么能住在价格远远超出其财力的公寓里。一个故事，如果完全与物质现实脱节，我是不会相信的。为了显得真实，我觉得必须强调我们有过这场交谈。

当着玛德莱娜的面，我订了机票。我还寄走了申请签证的材料。"我们三天后出发。"我说。我发现她很高兴。多年来，她生活中的一切都有计划，去任何一个地方都要提前几个月准备。一个人的生命的转折点和步入老年的标志，是他身上不再有意料之外的事情发生。

45

我们的紧急出发让我想起了玛丽。路途是旅行中我最喜欢的部分，我们可以参观世界上最美丽的建筑，体验难得而又紧张的时光，没有比两个人一起坐在火车或飞机上更惬意的事了。我想起有次飞往亚洲，一路上我们不停地说了几个小时的话。穿越一个湍流区时，我们手拉着手，我从来没有感到那么幸福过。

这种想法让我陷入了忧郁。我们也许应该制止回忆如此般强行涌入我们的思想当中，我们也许应该把它们挡在当下的门口。这又是一件我们无法控制的事情。应该说，当下的某些环境要素中荡漾着过去的回音，让人无法忍受。从那以后，我每次坐飞机都会想起玛丽。①但让我与玛德莱娜和伊夫的故事产生共鸣的，不仅仅是这件事。我自己也被遗弃过，却一点都无法理解为什么。尽管有过几次关于爱情的伤人争吵（"我喜欢孤独甚于喜欢你。"），但这不足以成为

_____
① 每次听阿兰·苏雄的歌或吃寿司时也一样。——原注

理由。离开的人理应写下几百页纸的理由来解释——写一篇论文，尝试将对方永远都不会理解的某个行动说明清楚。我觉得自己离玛德莱娜很近，离她的不安很近。人们往往从别人的生活中挖掘素材，以弄清自己的生活。

46

　　我也许不应该对什么都说"行"。看望杰雷米，然后又跟瓦莱莉一起吃饭，我觉得活动安排得太紧了。话虽如此，但在有求于他们的同时又要做到不受他们的支配，这是件很复杂的事。我应该服从他们的指挥，完全根据他们的实际情况来办。但我很担心自己没有集中精力的本领，我知道，再过一会儿，我的大脑就会像80年代末的苏联那样了。我能从别人给我的东西中抓取最好的吗？从我接下来跟杰雷米的交流来看，我的担心并非空穴来风。

　　不过，事情的开头非常顺利。他满脸笑容地迎接我，神色还是很放松的。我心想，他也搭上我的小说这班车了，肯定是他父母鼓动的。他应该算是个好学生，问我说：

　　"您的写作计划怎么样？进展顺利吗？"

　　"啊，还可以，还可以……谢谢。我要和你外婆去美国了。"

　　"真的吗？为什么？"

　　"她想重新见一个生活在那里的人。"

"谁呀？"

"她爱过的一个男人。在认识你外公之前。"

"是吗？这可太滑稽了。"

"滑不滑稽，我不知道，但我想她会非常激动。"

"您要把这些都写进书里吗？"

"我要先看看事情会怎么发展，但有可能写进书里。"

"我承认，这主意不错。"

"好了……你想见我？当你母亲告诉我说你想见我时，我非常高兴。我对你说过，把你写进小说，这对我来说很重要。"

"啊，是的……但是……"

"但是什么？"

"不仅仅是为了小说。说到底，还是有点为了小说……因为我们只要见面，就会讨论小说。但我想见您也是为了别的事情。"

"说吧。"

"我正好有个法语课作业明天要交。说实话，我对此一窍不通，所以我想也许您能帮我一点忙。"

"……"

我没有出声。他应该明白，我去找他是想跟他谈别的事情。这毕竟有些让人失望。他要召见的并不是作家，而是一个家教。但说到底，这也许是跟他建立联系的一种办法。他想从我这儿套出一篇文学评论，但与此同时，他内心的秘密也会因此而来。

当他把待评论的文本给我看时，我立即就发现事情并不简单。是弗朗索瓦·维庸①的《绞刑架上之歌》。我应该冒着让他失望的风险，承认我从来就不喜欢中世纪诗歌。年轻时，我有过几个非常杰出的老师，其中有的对我爱上文字影响很大，但我对人们能让一个青少年爱上古法语持怀疑态度。我想尽量不跟杰雷米谈这个观点，免得让他失望。相反，我想夸大我的兴奋，强调我是多么地喜欢那首诗。他好像不太相信。理所当然。因为我说这话时的腔调就像个正在失去临时演员身份的演员。

这首诗的前面几句是这样的：

> 在我们之后仍活着的人类兄弟啊，
> 别那么铁石心肠，如此对待我们，
> 因为，如果你们怜悯我们这些可怜者，
> 上帝就会感谢你们。你们看见
> 我们五六个人被绑在这里：
> 至于肉体，曾被喂得白白胖胖，
> 现在已残缺不全，腐烂变质，
> 我们的骨头，即将变成灰烬，

① 弗朗索瓦·维庸（1431—约1463），法国中世纪抒情诗人，市民抒情诗的主要代表。——译者注

谁都别嘲笑我们的痛苦；

但求上帝宽恕我们众人！

我首先扫了一眼法语教材，想激活我的记忆。我可以读到，这首诗，是弗朗索瓦·维庸在狱中写的，诗人当时心想自己可能将被判死刑。我完全可以以此起头：将文本的主旨戏剧化。

"赏析这首诗的时候，你应该设想……诗人写它的时候以为这将是他的最后一首诗。你可以注意一下词汇场。"

"注意一下什么？"

"词汇场。就是把同一类的词汇汇集在一起……你没注意到诗中有许多暴力的词吗？"

"啊，是的。比如'残缺''腐烂'。"

"这给了你一条线索……去分析。这让你想起了什么？"

"腐烂？让我想起了烂水果。"

"为什么不呢？其他还有什么？"

"一具腐烂分解了的尸体。"

"对啦。很好。"

"太阴森了。我不明白马蒂内先生为什么让我们读这样的东西。"

"这是文学经典之一……"

*

拉格斐的逸闻趣事（2）

他母亲是个严肃的老太太。玛德莱娜告诉我，有一天，她在香奈儿公司见过他母亲；那时他母亲已经很老了。卡尔低声地说："我母亲一直是这个年龄……"

虽然这种幽默有点尖刻，但人们还是可以感觉到，他爱母亲，敬佩母亲，尽管老太太强行制造出一种距离感。她的严厉让人以为她是笛卡儿主义者，但她其实有一种秘密的爱好，并为之上瘾：找女占卜师预测未来。1939年夏天，她请了一个女占卜师到自己家里，告诉小卡尔不要吵闹，但他其实早已习惯了沉默。沉默是他妈妈最喜欢的旋律。他那时多大了？我们知道得并不确切，他从来没有透露他的出生日期。也许是四岁，也许是五岁。他当时待在客厅的一个角落里，欣喜地观察这一场面。当那个以预卜未来为生的女人带着纸牌来到家里时，他发现他母亲就像个小女孩。不一会儿，这两个女人就朝他背过身去。难道是他的呼吸声太大了？不，他甚至连大气都不敢出一口。她们不过是在谈论他罢了。后来，卡尔将会理解谈话的内容。他母亲问那个女占卜师："这孩子，以后会当什么？"用纸牌占卜的那个女人闭上眼睛，好像这样可以在黑暗中把未来的轮廓看得更清楚，然后才用肯定的语气说："牧师！"拉格斐的母亲差点晕倒。她尽管是个信徒，却觉得自己的儿子不可能把一生都献给上帝。她一点都不喜欢这种预言。那就改变它。人们有时会去找一些占卜师预测未来，并不是想知晓未来，而是想修改未来。从那时起，小卡尔就没有进过教堂。他母亲甚至不让他参加家族的所有婚礼和葬礼。奇怪的是，尽管他后来的职业与牧师风马牛不相及，但他还是过着相对禁欲的生活，在衣服式样的选择上常常与僧侣相近。

*

我没有别的办法，只能重新把拉格斐搬出来。总不能用一篇关于弗朗索瓦·维庸的文本评论把我的小说弄得沉重不堪吧？故事写到这个阶段，这样做会非常危险。尤其是，我虽然只是试着大致分析了一下，但也花了整整一个小时。杰雷米显得有些怀疑。我知道他有多么地惊讶。他不明白为什么一个作家连文学史都不熟悉，对同行的写作意图也认识不清。在他看来，我就像一个一上场就好像踢不进球的职业足球运动员。于是我努力向他解释说，并不是只有写作方面的理论家才会写作，甚至连一点文学修养都没有的人也能写出杰作。不过，杰雷米心目中的作家形象应该比较传统与刻板——住在阁楼上，趴在成堆的百科全书间。也许我应该诚实一点？承认自己在古法语方面还处于摸索阶段。我真的不知道该对他采取什么态度。

终于，瓦莱莉从学校回来了，缩短了这场折磨。我离开了杰雷米，很是失望，尤其是因为我没能获得任何能让我弄清其面目的信息。不过，我应该慢慢来，不要泄气。我的写作计划需要耐心，而我不一定具备。说实话，我们都不够耐心。我们当今的时代让我们能够尽快地得到一切，并把大家永久地捆绑在一起，其结果是，它也因此终结了耐心。正如为了放松自己，我们需要练瑜伽，我们可能也需要为了保持耐心而练习如何等待。为了替对方考虑，我们约会时常常迟到。

刚好，瓦莱莉在梳妆打扮的时候就让我等待。我一个人坐在客厅里，觉得自己是在时间的长廊里后退。这景象跟我来的时候相同。这时，劳拉从客厅穿过，向我点了点头。事情在倒退，我甚至再也无权听到她的声音。但我已经可以记下有关她的一个有趣细节：她无法预先让人知道自己将出现。换句话说，她属于那种突然出现在房间里的人。这让我想起了陀思妥耶夫斯基《群魔》中的人物斯塔夫罗金。据说，他在走进客厅时会在走廊上就开始讲话。他跟劳拉的情况其实是一样的，他们都在过渡中暗藏了某种形式的羞辱。

我还没为以上观点组织好词句呢，它就被证实了：劳拉突然出现在我面前，好像是从天花板上掉下来的似的。她瞪了我一眼，直视我的眼睛，目光直接得让人不可思议。她低声对我说："既然这里的人都跟您谈过了，我最后也决定利用一下这个机会。事情是这样的：我爱上了一个男孩。他叫克莱芒，比我大一岁。一个月来，我们经常一起外出。事情都很顺，但我们之间越来越火热。他想做爱，我在犹豫。我之所以犹豫，是因为他已经跟班里的四五个女生睡过觉了。大家都知道。后来，这事就了结了。笼统地说，我身上的一部分怕他之后会离开我，另一部分则认为，我无论如何都要把初夜交给他。您怎么想？"

我还没反应过来，瓦莱莉就走进客厅，用爽朗的声音说："我准备好了！"然后盯着我们，补充了一句："你们俩刚才在说些什么？"

"我们也有点小秘密。"劳拉说。

"我还以为你不愿被写进书里呢。"

"我改变主意了。好啦，你们谈吧，我走了。"

劳拉离开了客厅，甚至没看我一眼，把她的麻烦扔给了我。开始，我还以为她在取笑我。但她又回来了，递给我一张纸条，上面有那个克莱芒的电话号码。她声音很轻地跟我说了一句话，轻得不想让她母亲听见。她要我打电话给克莱芒，让他告诉我他究竟是怎么想的。这事也一样，我不知道她是否当真。我觉得这一切还是挺别扭的。

瓦莱莉站在客厅中间，面对着我。显然，她等着我对她的外表做一番评价。她化了妆，穿着一条紧身裙，脚蹬高跟鞋。她心目中电影预告片中的角色就是这么打扮的。显然，这更像是风流约会，而不像职业会见。我不否认她很漂亮，但我感到非常尴尬。这一切我都觉得不合适。我去那里是为了写书，而绝不是去寻找什么情投意合的人。

劳拉终于加入到游戏中来，瓦莱莉又一次对此表示满意，并想知道那张纸条上写了些什么。

"职业秘密。"我回答说，但这种幽默没起什么作用。

"如果她跟您说上话了，那就再好不过了。您很幸运。我嘛，她什么都不再告诉我。这太可怕了。起初，孩子们会跟您说说他们的小伤痛，事无巨细，一谈就是几个小时。但时间一长，几年过去，他们会把最痛苦的伤心事埋在心里。"

"这不假。"

"这很愚蠢，因为我觉得，相对于小伤痛而言，我对痛苦懂得更多。"她说着，突然伤感起来。

但这种忧伤很快就被一个人的出现驱散了（我们差点演成了一出林荫道戏剧[1]）。帕特里克下班了，看到他太太如

---

[1] 林荫道戏剧，法国19世纪中期以来流行的轻松娱乐性剧目，通常以一位明星演员为主来组织班子，并定期上演具有犯罪或诱拐妇女等内容的情节剧，因主要在巴黎繁华地区的林荫大道上建立的商业性剧院里演出而得名。——编者注

此不自然，显得非常惊讶，最后终于爆出一句："文学不过是个借口。"伴随着这句话的是个微笑，但有的微笑是能杀人的。他的冷漠让我感到非常遗憾，毕竟，我们之前共进午餐时的气氛是那么地友好。我感觉到，当我跟其中的一个人物在一起时，自己跟其他人物的默契就会减少一分。这样的人际关系有点像跷跷板。但我能理解。他太太跟另一个男人出去吃饭，且不隐瞒自己想引诱那个男人的欲望。尽管我并不情愿，但我还是来到了他们夫妻故事的正中心。当然，为了我的书，我愿意有些波折，但我绝对不想成为某出闹剧的起因。帕特里克简简单单的一句话让我犹豫了，不知道该不该取消这顿晚餐。但如果取消，我可能会失去一切，先前的努力将被付之一炬。

我友好地轻声跟他打了个招呼，但他没有回答，而是一头钻进了自己的房间。我清楚地知道，自己没做错什么。我把他的态度归因于工作太紧张，大家都能感到他快要发火了。至于瓦莱莉，她显得格外惊讶："看到他反应这么强烈，我觉得太奇怪了。平时，他什么都不在乎。我觉得，即使我跟布拉德·皮特①一起吃饭，他都不会有什么反应。绝对不会……"我很想把我所知道的事情告诉她：她丈夫是爱她的，但在最近一段时间里，他也许无法把它表达出来。她

---

① 布拉德·皮特（1963—　），美国电影演员，主要作品有《搏击俱乐部》《好莱坞往事》等。——译者注

丝毫没有看到这一点。最初的惊讶过去之后，丈夫的行为只让她觉得他是在乱挖苦人。她很不喜欢他的态度。面对眼前的情况，只知道抱怨，却不去亲手改变它，她觉得这种做法让她无法忍受。我甚至听到她在叹气："真是个窝囊废。"他们之间的关系比任何时候都要紧张。

47

　　我们在一家漂亮的小餐馆坐下，瓦莱莉向我解释了她为什么选择这家餐馆："我常常在它前面经过，总是梦想着能进来，但我在等一个好机会。"她想立即点一杯喝的东西："我们先喝一小杯开胃酒怎样？"我不知道如何抑制她的热情。当然，我很高兴她能这么热情奔放，这可以使我加深对我的人物的了解（我等着了解她跟姐姐关系明显紧张的原因）。但我又想不惜一切代价地避免暧昧。虽然我很欣赏这个女人，但我首先也要像昆虫学家解剖金龟子那样观察一下她。我们之间显然有隔阂。瓦莱莉一开口就证明了这一点：

　　"我不常跟作家吃饭。对我而言，这很刺激。"

　　"我不知道您为什么这样说，作家都很阴森可怕。"

　　"但您不是这样的。我觉得您在接受访谈时很阳光。我在网上查过关于您的所有资料。大家都喜欢您。"

　　"不是所有人都这么认为的。"

　　"您指的是《面具与羽毛》①？我听过那档节目，他们

---

① 《面具与羽毛》，法国国际广播电台自1955年起开播的文艺评论节目。——译者注

确实很苛刻。但他们对所有的人都这样。我每次听那档节目时，都觉得它就像是一场屠杀。我认为他们太过分了。我们在评论一部作品时，完全用不着发泄那么多的仇恨。说实话，我有点看不起他们。"

"啊，千万别这么说。我可能会把您说的话写进我的小说，而我又不想他们对我的小说加以恶评。您知道，我很怕他们。所以，请说些他们的好话。"

"真的吗？"

"真的。"

"所以……我觉得……他们敢于坦诚地说出自己的意见……这是需要很大的勇气的……这么说行吗？"

"行，很好，接着说。"

"真的，我们处于一个略有些温和的时代，这好处太多了。他们说的话往往很有道理。他们的意见对我来说都非常宝贵。有这样的文化向导是一种幸运。"

"对，很好。您不想再夸一下他们英俊的外表？"

"既然您说了，那就夸一下吧，他们真的很英俊……他们的声音很好听，非常悦耳，像是耳中的蜂蜜。"

"……"

我松了一口气，向瓦莱莉笑了笑，像是刚刚被宣布无罪的被告人。

48

正在这时，服务员漫不经心地过来了，但他讲话讲得非常快。[1]因此，我没有听清他向我特别推荐的菜，但我还是选择了它。瓦莱莉不慌不忙地翻着菜单，犹豫不决，拿不定主意，这让服务员很生气。不过，他脸上仍保持微笑。又是一个两面派：他其实心里烦躁得很。最后，瓦莱莉选了跟我一样的菜，并且强调说："我全都跟您一样！"她不会错过任何引诱人的机会。我越是勾勒自己可怜的模样，她好像就越是欣赏我的自嘲。如果一个人已经对你有了先入为主的看法，不管是正面的还是负面的，要改变它都是非常困难的。我也有可能变得令人失望或让人难以忍受，但如果是那样的话，我就有可能会失去她。除非有自虐倾向，否则，人们很少会向一个心理变态者倾诉。那我应该怎么办？我觉得自己的地位保不住了。

瓦莱莉继续问个不停，我徒劳地对她说我不想谈论我自

---

[1] 我从来没有见过哪个人的行走节奏和语言节奏这么地不合拍。——原注

己，但她还是不停地问我问题，让人以为是她在写一本关于我的生活的小说。她一边喝着香槟——然后是红酒——一边问我一些越来越隐私的问题。这可真的不行。我无法阻止这种由引诱引起的大出血。我觉得自己成了《回到未来》的主人公马蒂·麦克弗莱。他在倒流的时间里旅行时，遇到了自己的母亲，母亲冒着可能改变现实、引发悲剧的风险，拜倒在他魅力四射的面孔前。他的出现可以一下子改变自己的出生。我也一样，我正在改变自己想要描写的生活轨迹。

我曾允许她每天只问我一个关于我的问题，但这次是完全失控了。她想让我谈谈玛丽。我们是怎么相遇的，我们的故事，我们的分手。这太复杂了，怎样才能概述一份爱情的诞生与死亡？如今的我已经可以大方地讲述它了，本书在后文中会提到它的，瓦莱莉在读到那几行字的时候就可以得到答案了。但当初共进晚餐时，我更倾向于撒谎①：

"我们上一次谈话以后，我当晚就给玛丽发了信息，问她是否一直喜欢孤独甚于喜欢我。她马上回复了我，我们聊了几句。我想，我和她都为互相之间能够再度说上话而感到高兴。最近这段时间以来，我明白了许多事情。当初在她需要我的时候，我给她的支持不够，这促使她想后退。但是，读着这几条信息，我感觉她有点想念我了，于是我们决定重新见面。这一切，您在其中起到了些许推动作用。您的反应

---

① 看我是怎样为了拯救自己的小说而杜撰了另一部小说的。——原注

促使我给她发了信息。"

"太美好了。"瓦莱莉大声地说，让我有些吃惊。

"是的，是很美好。"我回答说，心想：这要是真的那该多好。

我不得不再度想起了玛丽，情不自禁。我没给她发信息。她离开我的方式温柔而缓慢，一点都不冲动——一种真正的消隐。我知道一切都是我的错。我时常不在场。好多次，她试图跟我说话，可我什么都没有听见。我为什么那么内向？我非常后悔，但为时已晚。我在生活中常常迟到。我属于那种人，要等到对话者远去时才能从口中蹦出恰当的回话。我本可以于现在向玛丽解释一切，说我经历了一个奇怪的时期，在那期间，我对什么东西都提不起兴趣。那是一种抑郁状态，肯定是的。在那种状态下，我对我们两人的幸福已经没有了清醒的认识。有的时候，我们会轻易地践踏美好的东西。我刚刚说我曾对什么东西都提不起兴趣，但这不是真的。我对破坏感兴趣。细想之下，我觉得自己配不上玛丽，配不上我们的故事。此种对人际交往的恐惧，我知道其源头在哪。其实在内心深处，我什么都知道，只是不愿意说出来罢了。我厌倦了表达自己，所以便慢慢地变得内向了。

"您没在听我说话？"瓦莱莉问。

"当然在听。"

"那我在说什么？"

"您在说……呃，是的，确实是这样，我刚才走神了。"

"没关系。可我走神的时候，别人永远都看不出来。我以为别人会从我的目光中看出我没在听。可是没有，我的注意力重新回到谈话中，别人什么都没有发现。可您呢，您走神的时候别人看得很清楚。"

"那您得向我传授一下经验。我无法掩饰任何东西。"

"我只希望我没有让您感到厌烦。"

"没有，哪里的话。您让我谈起了自己，我突然就陷入了沉思。请原谅。您刚才在说什么？"

"没什么特别的，就是为您高兴。我正在跟您讲一对男女朋友的故事，他们分手后重归于好了。"

"啊，是的，这种情况现在好像越来越多。"

"我不知道。但总的来说，我想，那是因为他们意识到，失去对方比两人在一起更加不幸。"

"这确实是一个破镜重圆的理由。"我脱口而出。

在这一插曲之后，瓦莱莉又回到了我的故事上。我们第一次谈话的时候，她就发现我想尽量淡化分手给我造成的痛苦。所以，得知事情也许可以得到解决，她真的感到很高兴。看到她的反应，我觉得自己很可笑。我完全误会了她的意图。[①]她的热情一点都不像是装出来的。而且，她说话

① 也许，只有在与女性的关系中，我才是真正的小说家。——原注

的语气比之前更加友好。无疑，我脑子不够清楚。尽管她对自己的夫妻关系感到失望，可她并没有想另找一个男人的意思。几分钟后，她将提到这个问题。

我愚蠢地把自己封闭在某些原则中。交流一下我们的生活，这又会对我写瓦莱莉的计划造成什么阻碍呢？我们之间的谈话以及她的各种想法开始让我觉得有趣了。她促使我说说玛丽。通过这种方式，她也迫使我谈了谈我所经历过的事情。这是我从来没有做过的事情，或者说，是我向来都做得不够的事情。以前，我的一些朋友想跟我谈谈这些事，他们一开口，我就避开了话题。此外，我惊讶地发现，这部小说已经带有一点自传的色彩。事情往往就是这样：无心插柳柳成荫。冲向别人的时候，免不了会碰到自己。可是，我愿意这样吗？

49

　　瓦莱莉多少也有同样的感觉。她终于谈起了自己，对我说，我们的相遇就像一根导火索：

　　"自从您让我谈谈我自己以来，我意识到了很多事情。也许每个人都应该在身边储备一个暂时缺乏灵感的作家。"

　　"谢谢。"

　　"我这样说是想博您一笑，但您知道，事情也确实是这样。两天来，我的看法发生了根本的变化。"

　　"比如？"

　　"我觉得自己不能再等了。我日渐憔悴。不必跟您谈很久，我就意识到一切都完了。我45岁了，心里非常着急。这种情况再也不能继续下去了。"

　　"怀疑期嘛，这很正常。"

　　"这不是怀疑，而是明显的事实。"

　　"这么说，您真的想离开您丈夫？"

　　"是的。"

　　"虽然我不是来评判您的，但我觉得您走得太快了一点。事情并不像您以为的那么简单明了。"

"也许吧，但我需要下决心。需要往前走，换换气。"

"您可以慢慢来。"

"什么意思？找个情人？这我一点都不想。"

"不，我是说您可以给自己留一些时间……"

"独自出去度一个星期的假，是吗？您真的以为这是我所需要的吗？我不想不上不下、悬而未决。我应该做出决定，弄个清楚。"

"……"

"别哭丧着脸。我已做好准备，去面对将要产生的各种后果。哪怕是弄错了。但我的生活再也不能这样继续下去了。"

一阵沉默，主要是因为我不知道说什么好。她似乎坚决要离开她丈夫，但在她的语气当中丝毫没有悲剧的成分。我仍以为她不知道自己说的话有多重。有时，我们会因一时冲动而做出重大的决定。但是，决定一旦做出，我们便需面对其在实践层面的激进性。她似乎没有估量到自己的选择会带来多大的痛苦，没有提到帕特里克会多么崩溃，孩子们会多么恐慌。时候到了，只有自己的生存才是最重要的，这我完全可以理解。她谈到了紧迫感，最后几乎是笑着说："人生苦短啊！"人不开心时往往会这样说，这句话已经变得让人难以承受了。

50

我不仅觉得瓦莱莉在她告诉我的那桩感情悲剧上不够清醒，还发现她似乎越来越高兴。的确如此，毕竟我们那时正要干掉第二瓶红酒。我应该放慢速度，否则我就有可能丧失把我们交谈的内容记录下来的能力。但这个有趣的夜晚已经让我完全沉醉其中。我有时会忘了自己正在工作。总之，这就是作家的特征：永远不知道自己何时在工作。只有作家这一职业可以让人一天到晚吹牛，却借口说自己正在完成一件大事（每个人都有自己的借口）。

在喝酒与走神之间，我刚才忘了告诉她我很快就要跟她母亲去旅行了。得知这事，她爆发出一阵大笑。我和玛德莱娜一起到世界另一端去旅行的计划让她觉得着实可笑。"您这事做得真有点不靠谱。"她一边说，一边又给我倒酒。我其实是一个挺没主见的人，现在有点倾向于她的观点了。我原先觉得这场历险应该是浪漫而激动人心的，但也许她说得对？我和一个我几乎不知道其年龄的老太太去洛杉矶干什么？不过，现在最好把这些问题放在一边。我的环性心境障碍又发作了。总之，在这件事情上，我曾错误地担心瓦莱莉的反应，甚至认为她会阻碍我们出行，于是决定不通知她就买票，将生米煮成熟饭。但与我想的完全相反，她最后说，对她母亲来说，这是一个多么好的疯狂之举。她还更加温柔地补充道："这一切对她而言就像是心中之香脂[①]。"

我觉得她这句话既极具美感又含意深刻。我从中可以看出——也有可能是看错了——一种影射。它影射着两个女儿之间的矛盾，这矛盾不可避免地影响到了母亲玛德莱娜。依据这一奇怪的表述，我们的旅行会对她有好处，可以改变她内心的看法。但愿我们能像更换花瓶里的水那样改变内心的看法。我又试着碰碰运气，想打听出更多的事情。

"啊，我的姐姐……您真的想破坏我们的美好夜晚吗？"

"绝非本意。"

"不管怎样，我还是挺想她的。"她突然说，显得有点伤心，但这种忧伤与酒精有关。醉酒往往是一条分岔出两个支路的道路：一个通向敌对，一个通向和平；一个通向怨恨，一个通向宽恕。瓦莱莉似乎喝了和平之酒。

"您能打电话把这话告诉她吗？"

"不可能。我们已经很久没有说话了，我甚至都忘了上次跟她说话是什么时候。"

[①] 法语中有"在心中涂上香脂"的习语，意为"给人以心灵的慰藉"。——编者注

"正因为如此她才去了波士顿？"

"是的，肯定是的。关系破裂得太突然了。"

"……"

*

两姊妹

瓦莱莉比斯特凡妮晚出生一年多一点。但很快就几乎不可能弄清两个人谁大谁小了。她们共享一切，有着相同的口味、相同的朋友，以至于人们都说她们形影不离。1988年6月，她们一起去王子公园体育场看迈克尔·杰克逊的演唱会；1990年音乐节的时候，她们一起去共和国广场看治疗乐队①的演出。两人的回忆互相影响，有时候都忘了某事究竟是谁经历的，因为她们的故事全都混淆在一起了。这是她们田园诗般的关系的第一阶段。

说不清事情是从什么时候发生变化的。攀比就像一剂毒药，逐渐破坏了她们之间的关系。也许是因为一个男孩喜欢上了其中一人。难道说，某个叫泰奥或雷奥的人的一个眼神就能破坏如此亲密的姊妹关系？

① 治疗乐队，成立于1976年的一支英国摇滚乐队。——译者注

不，那就太荒唐了。那是什么原因呢？因为滑雪时的一次摔倒。但如果说，她们的关系是从那个时候开始紧张的，那是绝对不可能的。然而，瓦莱莉并没有否认这一假设。毋庸置疑，肯定是在那场摔倒前后。

2月假期期间，两姊妹去滑雪场玩。她们睡得很少，熄灯后继续跟朋友们聊天。所以其中一定有疲劳的因素。下午，她们被允许单独滑雪。说到底，她们才十五六岁，喜欢停留在山顶，躺在高海拔酒吧的躺椅上。她们俩虽都是运动健将，但也喜欢什么都不做，就这样晒晒看上去离得不远的太阳。她们戴着太阳镜，一起观察比她们年龄大的男孩，并希望男孩们不要把她们看作小女孩。那些时光是无比地幸福。

在那美好的日子里，有一天，她们滑回山下的滑雪站时，一起重重地摔倒了。她们轻率地决定，在沿着滑雪道下滑时各戴一只同一副耳机的耳塞——瓦莱莉把自己的耳机忘在小木屋里了。她们喜欢一边滑雪一边听音乐。她们希望在小妖精乐队[①]《我的思想上哪儿去了？》的歌声中滑下山。当然，这很危险，但她们水平高超，而且通向滑雪站的蓝道较为容易。滑板贴在一起滑行，头互相挨着，分享同一首歌，她们感到非常高兴。但两人当中只要有一个人偏离滑雪道，就足以让滑板相碰。两个女孩重重地摔倒了。斯

[①] 小妖精乐队，美国的另类摇滚乐队。——译者注

特凡妮大声喊痛，而瓦莱莉没有受伤。救护员很快就到了，用雪橇把伤者送到了滑雪站，然后用救护车送到尚贝里医院，诊断结果是胫腓骨双骨折。斯特凡妮担心了两个小时，独自在自己的房间里思来想去，毫无妹妹的消息。那时还没有手机。瓦莱莉设法从滑雪站打听消息，最后，人们告诉了她斯特凡妮在哪里。她找到一辆能带她去医院的公共汽车。两人一见面就抱在一起。"害怕多于伤痛。"瓦莱莉想。但对斯特凡妮来说，假期已经结束。第二天，她在玛德莱娜的陪同下回到巴黎。玛德莱娜放下手中的工作，匆匆往返。

假期的第二个星期，瓦莱莉孤孤单单的。很悲哀，但问题不大。两姊妹经常打电话。斯特凡妮友好地说："好好替我享受。"却忍不住这样想："为什么摔伤的是我而不是她？"当时，这种想法丝毫没有攻击性，仅仅是对客观事实的评论：同样的姿势造成了两种截然不同的结果。她无所事事，而瓦莱莉却在继续滑雪。这么说，幸运女神光顾的是她妹妹。"为什么摔伤的是我而不是她？"她不断地这样问自己，就像一段旋律萦回在脑际。这是一种怎么也摆脱不了的旋律，但你并不会因此而爱上它。

另一件事情必须说清。瓦莱莉显然在利用独自一人的机会接近马利克，那是一个年轻的滑雪教练，两个女孩对他一见钟情。最后一天，在告别晚会上，马利克清楚地发觉，瓦莱莉是多么敬仰地看着他。他喝了酒，最后在大厅的一个偏僻角落拥抱了她，然后又退缩了。他脑子里突然一闪，清醒了，想起对方年龄太小。但不管这个吻多么轻，反正已经吻了。瓦莱莉当然把这事告诉了姐姐，没想到这个消息对姐姐来说无异于在胸口插了一刀。这实在是太不公平了。曾有一刻，斯特凡妮甚至心想，这一切是不是瓦莱莉预谋好的。摔倒是为了把她支走，那样就可以自由行事了。止痛药也许让她失去了一部分理智，但有可能就在那个时候，她开始心生怨恨。

虽然两姊妹的关系似乎依然这么密切，但斯特凡妮对瓦莱莉已经有所提防。她不再跟妹妹分享情感生活的所有细节，经常不通知瓦莱莉就组织外出。瓦莱莉感到有些奇怪，但说到底，没有人强迫她们什么事都要一起做。第二年，到了要重新上山的时候，斯特凡妮宁愿跟另一个女伴一起去。那是她们第一次没有一同去滑雪。瓦莱莉不明白这一决定，尤其是姐姐本来可以邀请她和她们俩同去的。但事情就是这样。一定是因为姐姐在前一年的事故中受到的精神创伤还未痊愈，一想到要两人一起滑雪，她就会不可避免地重新陷入痛苦的回忆中，痛苦就会在她脑中油然而生。但斯特凡妮并没有说起这些。她只是声称，能够被邀请和朋友的一家子一道去滑雪，她感到十分高兴。她微笑着打破了她们的惯例。

事情在继续。斯特凡妮越来越经常地安排活动而不通知妹妹。看电影，外出，聚会。瓦莱莉只能这样想："往日不再。"她感到了一种深深的忧伤，但又不敢说。她不想直面似乎抛弃了她的人。她只能在脑中设想，斯特凡妮依然带着"为什么摔伤的是我而不是她？"这句口号在生活。事情没有得到解决。除了马利克这一出，还有另外一件事。几个星期以来，瓦莱莉经常跟伯努瓦一起外出，那个小伙子比她大一点，是摇滚乐队的成员。勾引17岁少女的老一套。但少女们常常上套。他有时会撇下她，神秘失踪，这让瓦莱莉颇感绝望。他们正处于容易受伤的初恋神话中。她试图在姐姐那里找到安慰，但姐姐一言不发。她的目光告诉妹妹："你已经有了一个超棒的家伙，而我，我还是孤独一人。你还希望我在他失踪的时候安慰你？"已是毫无疑问了。完全可以说是妒忌。就是这种妒忌消灭了所有善意。这跟滑雪时发生的情况一模一样，斯特凡妮想。她们俩是在一场音乐会上一起遇到伯努瓦的，但他更喜欢瓦莱莉。她们肩并肩时，倒下的总是她。

身陷恶臭的妄想中时，斯特凡妮会觉得："我妹妹是落在我的命运上的一道黑影，一个偷盗生活的女贼。是的，她妨碍我过我应该过的生活。"

人们经常比较同一个家庭的孩子们。这是很荒谬的，因为共同的教育并不一定意味着相同的能力和渴望。当然，人生最初几年的环境决定一生，但个人努力所占的份额要大得多。我们看见，有的人童年温暖舒适，成年后生活却一塌糊涂。多少人童年悲惨，长大后却生活美满？斯特凡妮知道得很清楚，她不应该局限于这种没什么结果的竞争，况且她已经输了。在滑雪事件和情人事件之后，现在到了最重要的事情上：读书。之所以重要，是因为不幸得很，我们的社会正是根据它来衡量每个人的能力的，至少，在人生的第一阶段，事情就是如此。

中学毕业后，斯特凡妮没考上政治学院。这本来没什么，如果瓦莱莉也没考上的话。但第二年，瓦莱莉考上了，大家都兴高采烈，全家一起开香槟庆祝，尽管当时未成定局：她还得参加口试呢！对斯特凡妮来说，如此庆祝瓦莱莉的胜利，就是在再次彰显她的失败。她持续不断地进行比较。她文学科目的分数很高，这就显得这事更加荒诞了。但那派不上任何用场，自恋的伤口持续不断地让她疼痛。几年来，这一伤口在无形的贬损的击打下不断增大。很难估量一个人身上的怨恨有多深。

然而有一天，这种怨恨变成了深仇大恨。瓦莱莉

等待通知她参加口试的信件，但没有等到。当时还没
有互联网，获取信息并不总是那么容易。她最后去了
政治学院的秘书处，才得知口试已经举行。她在办公
室里号啕大哭，但无济于事，她那年无法上学。她错
过了第二部分考试，这就剥夺了她的所有机会。"我
没有接到通知！"她当着秘书的面大叫，秘书被这个
年轻女孩的绝望所打动，告诉她所有的通知都是用挂
号信寄的，有回执。但秘书在档案中核查后发现，寄
给瓦莱莉的信并没有被退回，这证明有人代她收了
信。她立即就想到了自己的姐姐，内心深处逐渐萌生
了猜忌，可又不好当面指责姐姐。想到别人会以为那
件事是她干的，斯特凡妮肯定会否认，假装受到冒
犯，把自己当作一个受害者。说到底，没有什么东西
能证明她就是那个罪人。

不过，家人还是向邻居和女看门人查询，但没
有结果。没有那封信的任何痕迹。斯特凡妮最后对妹
妹说："我看出来了，你认为是我干的。你想象不到
这多么伤我的心……"瓦莱莉不得不安慰她说："哪
里，我知道得很清楚，不是你干的……"然而，疑心
并没有消除。

姊妹俩后来都上了索邦大学。瓦莱莉不再考政治
学院，尽管父母都鼓励她。她受的伤太深了。列车晚
点了，她觉得自己没有勇气去重新掌握自己的命运。

而且，她最后觉得现在挺好的。她刚刚18岁，她喜欢这种新生活，自由时间很多。前几个月很开心，瓦莱莉强调说。她又跟姐姐形影不离了，她们的二重唱几乎又恢复了青少年时期的活力。斯特凡妮把前一年的课件给了她，并且帮助她。有一个姐姐在前面开路，这很实惠。但有一天，装在斯特凡妮给她的文具盒里的一份油印讲义不见了，瓦莱莉的生活发生了转向。

她老是想着那份不见了的讲义。这就像把一张白页插入了一个故事当中：缺了一个元素就无法明白事情在整体中的发展过程。她到姐姐房间里去寻找那张纸。那里的一切总是摆放得整整齐齐。斯特凡妮是个有条理的人，喜欢整理档案。正是出于这个原因，她才保存了她犯罪的证据？这令人难以理解。或者，潜意识中，她希望秘密能被揭开？这是坦白内心秘密的另一种方式。当瓦莱莉在抽屉角落发现那张政治学院口试通知的收信回执时，她感到非常难受。她独自躺在地上，脑袋里空空的，待了很长时间。回过神来之后，她拖着脚步，来到浴室，想淋个长长的浴。她需要洗去她刚刚得知的事情。

她本想隐瞒自己的发现，免得引起什么后果，但她做不到。她面容憔悴。母亲注意到了，她必须告诉母亲。当晚，两姊妹在父母面前争吵了很长时间。斯特凡妮脸色苍白，试图为自己的行为辩解，说自己一时冲动，没能控制住。瓦莱莉反驳说，此后几个月的谎言无法用冲动来解释，只能说明她出奇地冷静。斯特凡妮求瓦莱莉宽恕她。这一点，瓦莱莉也许将来有一天能够做到，但这丝毫不能改变事情的严重性，某些东西已被彻底破坏。在这之前，瓦莱莉不想再跟姐姐说话。几个月后，姐姐离开了法国。

后来她们只见过一次面：父亲下葬的时候。

*

瓦莱莉向我承认，她从来没有跟谁讲起过这些往事。当时，她们的许多共同朋友想劝她们和解——白费劲。大家都试图理解斯特凡妮的做法，甚至为她寻找借口。但一切都结束了。瓦莱莉通过母亲得知姐姐的一些情况，她毫无感觉地听着。最可怕的感觉，也许就是感觉缺失。她既没有怨，也没有恨，最多怀念怀念过去她们关系密切时的情景。斯特凡妮有时试图做出平息事态的举动，劳拉出生时她寄了礼物来，杰雷米出生时她又寄了，但瓦莱莉没有回应，她无法对姐姐说谢谢。

为了缓和气氛，我提议跟她去波士顿旅行一趟。母亲去了之后，女儿再去。这样我就可以专门研究马丁一家的疗伤之旅了。瓦莱莉对我重复道，事情已经过去，伤口已经完全愈合；但我还是感觉到她的痛苦并没有过去。瓦莱莉已经原谅了姐姐，但不想再见到她。谁知道呢，也许有一天，事情会发生变化，她们会重逢（尽管喝了酒，她还是承认，她想姐姐了），这是玛德莱娜最大的愿望。我相信瓦莱莉在不久的将来，会把这个礼物送给母亲的。

51

　　差不多已到半夜，时间悄悄地走得真快。我去那里是为了写书，但我也在她的陪伴下度过了一个非常美好的夜晚。我喜欢她谈及痛苦却不抱怨的态度，她找到了合适的距离，既触及情感的真相，又顾及叙述时的场景调度。她创作了一部精致的自我虚构小说。她指出："鉴于我从来没有去看过心理医生，用这样的方式谈论我自己，对我来说是一种全新的感觉。"然后又补充说，她开始觉得有趣了。她很怕自己会对我的倾听上瘾。一旦我的书写完，我扔掉她去写其他人物，她该怎么办？"我们完全可以继续见面，"我回答说，"我甚至会非常乐于继续见面。通常，完成一部小说之后，我会离开我创造的人物。但现在，情况不一样……"她朝我笑了笑。当我说出以上最后那句话的时候，我以前创造的人物都在我脑海里闪过。书一写完，我们就分手了。他们在书页之外是否也拥有自己的生活？我有时问自己，马库斯是否一直跟娜塔莉在一起？远离我的小说以后，他们是否幸福地生活着？

52

　　该离开餐馆了。我没有注意到我们已成最后的顾客。今晚的群众演员们已经悄悄地离开布景。看到我们终于要走了，服务员似乎松了一口气，因为他不用再绞尽脑汁地寻找把我们赶出门外的巧妙方法了。他对我们说了声"再见"，其语调跟说"您好"时完全一样。

　　一来到外面，新鲜的空气就像是上苍赐予的恩宠，来得正是时候，给神经元通了通气。我不知道为什么，尽管我很累，而且需要保持精神集中，却还放纵自己喝了这么多酒。显然是为了跟瓦莱莉保持同步。只有在液体的平衡中我们才能度过美好的夜晚。两个不太喝酒的人有很多共同语言；两个嗜酒的人话就更多；但如果是一个不太喝酒的人和一个嗜酒的人，他们俩之间真的有展开交流的可能性吗？我通过这个理论，论证了我们在夜里喝得有点跌跌撞撞的正当性。瓦莱莉抓住我的胳膊，怕自己倒下，但她清醒得足以给我们带路。她不断重复说，她很久没有喝这么多酒了，这让她感到很舒服。确实，我们都很高兴。两个陌生人在夜晚一起醉酒，在街头流浪，想延长这醉欢的时刻。我喜欢超脱于一切的时刻，那时，可以不用对自己的生命负责。

奇怪的是，每当我遇到什么好事，麻烦就来了。要相信迷信，千万不要露喜。

鉴于瓦莱莉的状态，我觉得最好还是把她送到家门口。一整个晚上都忙着和我喝酒、谈话，她一次都没有看手机，所以不知道丈夫不安地发了许多信息问她在哪里。帕特里克气呼呼地在客厅里等她，跟与我共进午餐时相比，判若两人。他向我冲过来，大声吼道：

"你真是故意来给这个家捣乱的！"

"可是……不……不是这样的。"

"我应该警惕你的。我怎么会那么傻，竟然跟你说话。滚，滚回自己家去！"

"不能这样跟他说话！冷静点！"瓦莱莉仿佛用了几秒钟的时间来测量她丈夫歇斯底里的程度，然后突然发起火来。

"你看看自己的样子！半夜一点钟醉醺醺地跟一个男人回家！"

"我不过是送她回家。"我说。

"你给我闭嘴。滚回家去吧，让我们安静点。那本该死的书，你自己去写，不要再来烦我们。"

"别说了！"瓦莱莉大叫。

"这与你无关，这是我们之间的事。去睡觉！"帕特里克抓住妻子的胳膊说。

"别碰我！"

就在这时，夫妻俩一转身，看到杰雷米和劳拉怔怔地站在走廊上，惊恐万状。

瓦莱莉立即向他们走去：

"你们去睡吧，没事。"

"可是，妈妈，你们刚才在大吼。出什么事了？"

"什么事都没有。是你们的父亲在发疯。"

"什么？是我发疯？可大家都听见了！你们看得很清楚，是你们的母亲在乱说。她醉了。去睡觉吧，已经跟你们说过一遍了。"

"你们真的没事？"劳拉扫了父亲一眼，还有点担心。

"没事。"帕特里克说。这次，他放低了声音。

两个青少年都没有动。瓦莱莉最后只得把他们送回房间，安慰他们。这时，我单独和帕特里克在一起，他用眼睛瞪着我。我要么走，要么挨上一拳。我觉得第一种选择更好。

53

于是，我匆匆离开了马丁夫妇所住的公寓，甚至没有跟瓦莱莉告别。我在门前的阴影里站了一会儿，想确保情况已经恢复正常。奇怪的是，我并不感到担心。帕特里克气疯了，但我绝不相信他会动手。过了一会儿，我听见瓦莱莉说："别再跟我说话！"她也许回到了客厅。然后，就没声音了。两人似乎都平静了下来，可能各占一个角落。我觉得自己成了一场争吵的导火索，那将是一场终极争吵，一场永远都无法缓和的争吵。我想瓦莱莉应该正在沉思。怎么办？给她发条信息？或者发给帕特里克，向他道个歉，让他知道事情并不像他想的那样，以便平息事态？我不知所措。最好还是任暴风雨或风暴自行退散（不管是几级风暴）。

一来到外面，我就坐在附近的一张长凳上，想让自己的脑子清醒清醒。我又想，这对夫妇肯定不会忘记这个晚上。瓦莱莉绝对不会原谅他的态度，甚至会感到某种耻辱，因为他竟然当着我的面如此发火。瓦莱莉已经想过要离开他，而他则主动完成了自毁。而且，他们两人之间一定是相连的。

当一方感觉到另一方离他远去时，他有时会做出一些不利于自己的事情。恐慌中，人们反倒会给自己所爱的人提供更多逃避的理由。总之，在爱情中，人们往往搬起石头砸自己的脚。

　　帕特里克完全糊涂了。他爱妻子，却任一种不可饶恕的冲动发生。他本来是可以面带微笑地迎接她的，问她是否度过了一个美好的夜晚。但我从他的态度中看到的是一个受伤男人的举动。然而，我并不想为他辩护。他在遭难的同时也带走了我的计划。我是一个自私自利的作家，从我的观点来看，这才是今晚最大的灾难。事情很明显：我现在被排除在外了。我觉得他不会再回到我身边，向我讲述他工作中的失意。而且，他还会阻止家庭的其他成员跟我说话。写了39567个字后，我进入了一条死胡同。更糟的是，我现在只有一个字可以写：

　　　　终

54

　　我在凳子上继续坐了一会儿。夜晚好像也停下了脚步。没有人经过，车辆很少。巴黎好像也缺乏灵感了。最后，我站了起来，想回家。走了几米，我又产生了希望。行走永远是我的支柱。马丁一家的故事，我可以编出一些后续来。我就是这么想的。我还剩下一种可能：与虚构小说恢复联系。

55

　　一回到家，我立即就知道今晚睡不着了。我走进浴室，往脸上抹了把水。但这跟醉酒没有关系。马丁家的那一幕好像已经把酒精从我的血液中驱赶走了。我照着镜子，不得不承认，我在光线管理上从来就没有天赋。刺眼的氖灯照得我一脸惨白。这确实不是时候。心存疑惑之时，我希望能有一张更加舒服的脸来安慰我。与我在路上想的相反，我现在觉得，给真实的生活编造后续实在是太荒唐了。必须选择阵地：真实还是虚构。我不相信能合二而一。当然，还剩下跟玛德莱娜去旅行的事。但这足够吗？谁能向我保证，伊夫·格兰贝尔会是合适的人物？我被悲观主义的浪潮淹没。什么都不能再让我振作起来。我想沉湎在拉格斐的狂欢中。

　　我对文学创作完全绝望了，直接坐在浴室冰冷的大方砖上，拿起手机，想给玛丽发条信息。现在差不多半夜两点了，我清楚地知道，人们是如何看待爱情世界里的事情的：如果有人后半夜还在发信息，那他的情绪肯定很消沉。对他而言，没有比在午后醒来后收到一条虽假装善意却能安慰人的短短的回复更值得的事了。在这个时辰收到我的信息，她心里会以为，我崩溃了，没有她，我奄奄一息了。必须承认，她没有完全弄错。和瓦莱莉的谈话让我产生了想打听她的近况的愿望。当然，有借口：我刚刚度过了一个动荡不安的夜晚。当一个人自觉脆弱的时候，他就会苦涩地怀念他曾与之分享一切的那个人。从某个角度来看，两个人在一起，就等同于把伤口一分为二。

跟自己怀念的人说说话，有什么难的呢？好，那就跟她说说这事。也许还要补充一句：我想你了。是的，我想你。我觉得这么写不至于太过令人窒息。这样的想法几乎可以说是友谊性质的。[①]希望她不会觉得这样太尴尬或太悲怆。如果她真有这种感觉，我宁愿她不回复。有点冷淡或疏远，只回一声"谢谢"，那会让人受不了的。或者更糟，一声"非常感谢"，这将永远把我们打入一个仅仅在表面上维持着礼貌的世界中。在内心深处，我更希望不要得到回复。我发送这条信息，就像人们为了核实是否存在地外生命而往太空发射信号。这条信息就是这样：无非是声明自己还活着的一种方式罢了。

这时，发生了一件有点让人不敢相信的事情：她几乎秒回了。我确认了好多遍，确实是她，而不是我的幻觉。是

---

① 尽管深夜里很少有友谊的存在。——原注

的，是玛——丽——。她对我说，很高兴读到我发的信息，得知我的近况。刹那间，我心中冒出一个疑问：她为什么这么晚了还不睡觉？她通常喜欢晚上十二点以前就睡的。也许她不是单身一人？我用一些多余的想法来干扰如此美好的时光，这真是太可笑了。我应该专注于最重要的事情：她立即就回复了我。是的，她毫不做作地回复了我，不像其他人那样，总是要等一会儿，以表明他们并不渴望跟你拉扯上关系。没有比在落难时能立即得到别人的回复更美好的事了。

而且，她的回复超级简单，她只说很高兴读到我发的信息，并且也希望我顺利。我们友好地聊了几句，最后互相表达了想尽早重新见面的愿望。是的，这不是小说，而是现实：我们计划重新见面。我不会忘记今晚的这一转折：从坦白的痛苦转向漫步的快乐，从一对男女间的灾难转向另一对男女间的允诺。

56

为了走出最近这几个小时里环性心境障碍式的状态，我回到了书桌前，重新寻回了完成这一作业的力量，不违背我给自己制定的这个规则：每晚都把小说的进展情况记录下来。

我对人物的所知（3）

玛德莱娜·特里科。突然来到我家，显得非常莽撞。她要求我陪她去洛杉矶。我在脸书上跟伊夫·格兰贝尔聊了几句后买了票。这一连串事情发生的过程简单得不可思议，让我大为惊讶。虽然情绪波动了无数次，但我依然热切地期盼着能够见证这种重逢，尤其是想获知伊夫离开的原因。

帕特里克·马丁。可以清楚地发现，我们之间的交流有两种调性。一次愉快的午餐，甚至可以说是一次友好的午餐。他已完全准备好投身于这个游戏，把自己的经历和目前工作中遇到的困难告诉了我。明天（在我写下这几行字的几个小时以后）将被他的新老板让-保尔·德茹瓦约召见。他好像真的害怕被解雇。然后，我们还谈论了夫妻生活。他认为我不会理解的。这应该是真的。他最后发表了一番对瓦莱莉的爱情宣言。不幸的是，由于看见我深夜跟他太太回家，我们的信任关系当晚就被破坏了。看见她这样醉醺醺地靠在我身上，他怒不可遏。毫无疑问，我们的关系破裂了，他不想再让我写他的家庭。

瓦莱莉·马丁。对这个人物一见钟情。我非常喜欢她的精神状态。尽管她不断地想问我问题，但她是全身心投入。尤其是跟我讲述了她跟姐姐漫长而痛苦的故事。回头细想，我觉得斯特凡妮藏收信回执这一举动太奇怪了。我想起一个有点相似的故事，故事中的罪犯以同样的方式行事。某些罪犯在犯罪时也许会觉得自己是全能的，这促使他不去销毁自己做坏事的罪证。与帕特里克发生争吵，夜晚在混乱/悲剧中结束。复杂而痛苦的时期。我根本无法预见他们之间会发生什么事。

杰雷米·马丁。他把我当作帮助他做作业的人。这让我有机会重读维庸的诗。确认我更喜欢保尔·艾吕雅①。在他身上一直没有希望。

劳拉·马丁。没想到,她来跟我谈一个非常隐秘的话题:她跟一个男孩的第一次。我觉得很奇怪,但细想之下,我想我明白这其中的阴谋了。劳拉为什么要把这样的任务交给我?要知道,到现在为止,她还一直蔑视我的写作计划。她要我见她的男朋友,是想让我把他也写进我的小说中。这将迫使他以更负责的方式来对待她。人在生活中常会放纵自己做某些事,可这些事一旦被写进了书中,他就不能再做了。劳拉明白她能从我的作家身份中得到什么好处。我在职业生涯中第一次被自己小说中的人物所操控。

---

① 保尔·艾吕雅(1895—1952),法国超现实主义诗人,写有诗集《诗与真理》《和德国人会面》《畅言集》等。——译者注

57

人们有时会觉得，一日如三秋。这正是我准备躺下睡觉时的感觉。觉得自己这一天早晨醒来时才星期二，现在躺下时却已经是星期五了。

58

第二天上午，我睁开眼睛，打开手机时看见了瓦莱莉发给我的一条信息："一切都已恢复正常。请原谅昨晚的事。我上班要迟到了，傍晚再告诉您一切。"我重读了好多遍这条信息，有个句子让我吃惊："一切都已恢复正常。"这是什么意思？帕特里克冷静下来了？他们的夫妻矛盾解决了？在这个由几个字组成的迷宫里，我找不到可靠的出路。我觉得，不管怎么说，这对我的小说来说是好事。如果他恢复了冷静，他就有可能重新接受我，不再把我当作外人或敌人。话虽这么说，可我还是觉得，瓦莱莉匆匆给我发信息是想安慰我。情况应该没那么明了。更糟的是，这条信息很可能不是她自己写的。在社会新闻中，这种事情很常见。帕特里克也许在争吵之后杀了全家，然后拿了妻子的手机。众所周知，所有的杀手都会这么干，以赢得时间：他们写短信，假扮成受害者本人。

59

　　总有那么一刻，人们会任凭自己走向故事的黑暗版本。但必须弄清一点：眼下，似乎很难知道我的小说将偏向斯蒂芬·金①式的还是芭芭拉·卡特兰②式的。

---

① 斯蒂芬·金（1947—　），美国作家，以写作恐怖小说著称，代表作有《闪灵》《死光》《肖申克的救赎》等。——编者注
② 芭芭拉·卡特兰（1901—2000），英国通俗小说家，她的小说大多以贵族青年爱上卑微女子为主要情节。——译者注

60

　　在等着发现故事的后续情节（尤其是帕特里克和德茹瓦约的谈话结果）时，我有点迷茫。我可以把这一整个白天都用来加工打磨我已经知道的东西，但又觉得，在开始讲述这部小说之前，首先得完整地体验它。我甚至觉得，如果在这时候就开始闭门写作，将行为转化为字词，那是会起反作用的。但今天又可以和马丁一家一起做些什么呢？我也不能去找玛德莱娜，她得为旅行做行前准备。最后算下来，我只剩下一条可走的路：见见那个克莱芒。

　　我给他发了一条信息，几分钟后他就回复了，我想他是在课间休息时回复的。劳拉一定已经通知了他，因为他马上就同意傍晚在他学校附近的一家咖啡馆跟我见面。我能对他说些什么呢？他应该是想让我相信他对劳拉的善意。我这才明白了那个少女的做法。我就像一个负责验证行为正当性的执达员，约等于一个品格证人。但我应该怎么做？如果他行为不端的话，我就威胁他？"如果你胆敢在睡了她以后离开她，我可以告诉你，我会在书中把你写成一个坏家伙！"这差不多就是劳拉希望我让那个小伙子明白的事。

　　我后悔自己这样陈述事情。别人会觉得我处理这一情节时太轻率了，只是把它当作众多要去完成的重要任务中的一件小事。如果我决定在书中保留这一段，那是因为我觉得其主题很吸引人。我本来完全可以就第一次做爱的意义写一本完整的小说。那是一种萦回在人的脑际、让人难以忘怀的东西。总之，那是人生中为数不多的重要时刻之一，不容草率。当然，弄错了也没那么严重，但人只要稍微有一丝浪漫的天性就会给自己施加可怕的压力。劳拉表面上显得很潇洒甚至有些高傲，但心里脆弱而不安。她知晓眼前事情的利（满足对那个小伙子的欲望）和弊（毁坏自己的名声）。牌已在她手上，她的身体与理智之间正展开斗争。我应该努力帮助她解开这个方程式，但我也知道，我自己在处理涉及感情和要去完成的爱欲行为时也会犹豫不决，浪费时间。我觉得这就等于派一个素食者到一家肉店去调解冲突。[①]

---

① 阿尔贝·科塞里在《江湖艺人的阴谋》中使用过另一个有点相似的比喻：秃顶王国里的头虱。——原注［编者补注：阿尔贝·科塞里(1913—2008)，埃及法语作家，代表作有《沙漠雄心》等。］

61

当天稍晚一点的时候，我又想起瓦莱莉所说的"一切都已恢复正常"。我越来越不相信这句话。这类信息是人们早上匆匆发送，用来安慰一个目睹灾难的证人的。我想，她尤其希望我把这句话写进书中，以便直接改变读者的印象。我应该多加小心：为了呈现自己最好的状态，我的人物们是会伪造现实的。

我不想打电话给瓦莱莉，否则会显得我太执着。我是在追踪了解他们，而不是追捕他们。我在原地来回转圈，不知道该做什么。为了打发时间，我开始准备行李。我有一段时间没有旅行了，这无疑让我想起了玛丽。系在行李箱把手上的标签是我们在一起时的那段最后时光的痕迹，是能证明我们曾经共享幸福的确确实实的证据。我们去了布达佩斯。而所有关于其他城市的回忆，原先似乎都藏在这一目的地的后面，现在也全都浮现了出来。所以，在挑选去洛杉矶要携带的东西时，我想起了威尼斯、维也纳和雷克雅未克。我非常怀念属于我们的异国他乡。我现在十分希望我们俩能再度出发。当然，我们只不过是要去喝杯咖啡，但我梦想着伊斯坦布尔会藏在这咖啡后面。

　　我们什么时候能再见面？我们夜间交谈时什么都没有确定，只是表达了一种简单的愿望。该由谁首先给对方发信息？现在我觉得一切都那么复杂。是我恢复了我们俩之间的谈话，那这次，就该轮到她给我发信息了，不是吗？我们分手已有很长一段时间了，我已经习惯不再期望看到她的名字出现在我的手机上。但在重新跟她建立联系的同时，我也重新回到了那种可怕的状态中：等待对方的信息。

62

　　还好，我不得不中断我的犹豫了：我跟克莱芒有约。为了逃避自己的生活，没有比过别人的生活更好的办法了。在咖啡馆等而不是在学校门口等，这让我感到放心。我可不想被当作狩猎少女的人。我常常觉得别人对我心存恶意（人人都有自己的妄想症）。我刚点了一瓶啤酒，就看到一个年轻人向我走来。他一定是在互联网上核验过我的长相。他结结巴巴地说，他就是克莱芒，然后在我对面坐下。我问他想喝什么。我能感觉到他想回答"跟您一样"，可他必须表现得严肃一点，所以回避了酒精饮品，不得不审慎地选择了苏打水。

　　会面的情形似乎让他感到不自在。他可能觉得这样的会面很滑稽或奇怪，但有一点很确定：他的尴尬形于颜色，像是有什么事要自责似的。而我则对另一件事感到惊讶：我原以为会见到一个英俊的小伙子，一个会弹吉他或会冲浪的年轻人。在我上高中时，女生们都愿意和这样的男生出去约会，而我只能被她们当作最好的朋友。但眼前的这个男孩更像是一个普通人，不是很放得开。一时间，我甚至心想，克莱芒会不会派了一个朋友来冒名顶替。可是没有，这个小伙子确实是他。但这样的一个年轻人怎么可能是一个迷倒一众少女的心灵杀手呢？劳拉爱上了他？我很想问问他用的是什么方法。他在书中会是一个很出彩的人物形象，一个其貌不扬却懂得如何俘获芳心的小伙子。

观察了一会儿之后（主要是我观察他，而不是他观察我），他开始更详细地了解事情的原委：

"您在写一本关于劳拉和她家庭的书，是吗？"

"是的。"

"为什么？"他睁大眼睛问，"人们真的会看这种东西吗？"

"我不知道。走着瞧吧！"

"所以我也会被写进书里？"

"是的。这么说吧，有可能。"

"我不是太明白我在那里面能起什么作用。我很难理解。您究竟是她的什么人？"

"什么都不是。说实话，我跟她并不是很熟。我在写一本书，她让我见见你。"

"为什么？"

"想让你讲讲你们的情况。"

"我们有什么情况？"

"我想你知道得比我更清楚。"

"那可不一定。我觉得，她不知道自己想要什么。她今天想跟我在一起，明天又不太理我了。"

"你怎么想？"

"随她吧，女孩都这样。"

"你不觉得她的怀疑是有道理的吗？"

"为什么？我们在一起很开心。我不知道有什么问题。"

"她怕你用对待其他女孩的方式来对待她。这是她对我说的。"

"我对其他女孩做了什么？"

"你离开了她们。"

"那又怎样？有罪吗？我不爱她们。"

"我不是来评判你的。我只想对你说，这种情况让她感到很不安。就是这样。你应该理解她……"

"跟您讲这事很奇怪。我又不认识您。是因为她年龄不够大，所以不能直接跟我说吗？"

"不是的……当然……"

"那她为什么还派您来？为了让您把这一切都讲出来？"

"这事真的不能这么说。她一定是觉得，有个证人……事情不会那么地……有风险。"

"有什么风险？"

"我想是失望的风险。"

"真蠢。您可以告诉她，生活中的一切都永远是有风险的。不是吗？"他突然变得十分成熟。

"是的，当然。"

"我们在这里所说的一切都会写进您的书中吗？"

"也许吧……我不知道。"

"我明白了，您是想把我写成#BalanceTonPorc[①]帖文里的那种猥琐男。"

"不是的……根本不是这么回事。"

"是的，是这样的。我一点都不相信您。我们的事跟您没有关系。"

"是劳拉要我这么做的。"

"您应该拒绝！除了帮女孩子解决问题以外，您没有其他事可做了吗？您真是个变态。烦请您把这一点写进书里！万一您要在书中谈起我，一定要写上我说的这句话：'您是个大变态！'"

"……"

　

他站起来，迅速离开了咖啡馆。这次见面中突然出现的转折本是会让我措手不及的，但我首先想到的是，这个小伙子魅力无限啊。一切都得到了解释。他虽然才18岁，但显得极其自信。我无法平息他的愤怒。我恨自己没能很好地完成任务。但我可以理解他，毕竟，鉴于我所处的位置，这样替

---

① #BalanceTonPorc，法文，意为"#揭发你的大猪蹄子"，社交软件推特上的热门话题标签。带有该标签的帖文多以女性控诉自己所遭遇的性骚扰和性侵犯为主要内容。——编者注

人出头是不合适的，甚至会让他感到不安。我也许本应该对他说，我们之间所发生的一切都在"书外"，就像政客和记者之间不见诸报端的"非正式谈话"一样。但这不符合我的写作计划，我要写的是真实的事情，哪怕其中有搞糟了或失败了的场景。总之，不能让他觉得我没有尊重他的意愿。必须让他看见，我把他的咒骂写进了书中。

63

几分钟后，我收到了劳拉的一条语音短信，口气极其冰冷："我恨您。克莱芒刚刚跟我分手了。您真是个蠢货。我父母昨天就因为您而大吵起来，差点动手。您那个愚蠢的计划究竟有什么目的？是想破坏我们的家庭吗？现在好了，您达到目的了。这位作家真是太棒了。这一切都不会有好结果的。我也很蠢，竟然让您帮助我。太蠢了。看得出来，您什么都不懂，您老婆离开了您，她做得很对。"

她的语言之刻毒让我震惊。我只不过是做了她让我做的事。直觉促使她推荐我去完成这个不合适的任务，现在她落难了，便觉得我是罪魁祸首。其实她一定能想到，这种有点特别的像招聘面试那样的见面方式一定会惹恼克莱芒。她毕竟比我更了解他。说实话，我不仅理解他的反应，而且同意他的一个基本观点：没有哪种感情状态会是没有风险的。劳拉感到害怕，没有什么比这更容易理解的了。但每一份爱情的背后都潜藏着痛苦。她完全可以跟另一个男孩睡觉，更安全的男孩，但那个男孩能让她体验到同样的激情吗？这让我想起了弗朗索瓦·特吕弗的《骗婚记》中的一段对话。《最后一班地铁》中也引用了这段对话：

热拉尔·德帕迪约：

你太漂亮了，以至于看着你都是一种痛苦。

凯瑟琳·德纳芙：

可您昨天还说那是一种欢乐。

热拉尔·德帕迪约：

那是一种欢乐，也是一种痛苦。

劳拉想要没有痛苦的欢乐，而我原本是很愿意给她创造这样的欢乐的。那是她第一次对我说话的时候，我一度满怀希望地以为，她交给我的任务将使她对我产生信任。但恰恰相反，马丁家族里又有一个成员从此恨上我了。由于五个人物都对我产生了怀疑，我的书很可能会就此泡汤。我和那些擅长写自传故事的作家一样，把周围的熟人都变成了敌人。我得当心，免得杀出个律师来，挡住小说出版的道路。如果实在迫不得已，我可以改掉他们的名字，但我希望不要走到那一步。在真实与传票之间，肯定还有一个折中空间的。

64

　　我回到了家里，感到有点耻辱。我刚刚被一个还要做课堂作业的小男生吼了一通。我什么都不想做了；此刻，我觉得写作是人类所做的最愚蠢的事；飞蝇钓①除外，但我不敢肯定。我躺在床上，想给玛丽发条信息（尽管我已决心等她首先表态），但同样缺乏灵感。要是能雇佣几个可以在适当的时候给你提供适当的台词的写手该多好：短信健将，2.0版本的西哈诺·德·贝热拉克②。说实话，谁都无法替我写东西，因为我甚至都不知道自己想表达些什么。我可不会用"我想你"这种多余的话来滥竽充数。

_____

① 飞蝇钓，一种用仿生饵模仿有翅类昆虫落水来钓取掠食性鱼类的钓鱼方法。——编者注

② 西哈诺·德·贝热拉克，法国剧作家埃德蒙·罗斯丹1897年的剧作《西哈诺·德·贝热拉克》中的主人公。他是一名才华横溢的贵族青年诗人，一直暗恋表妹罗克珊，但因大鼻子而自惭形秽，始终不敢表白。表妹爱着英俊的克里斯蒂安，西哈诺强忍心中的痛苦，为克里斯蒂安代写情书，成全了他们。该人物的原型是法国放荡主义作家萨维尼安·德·西哈诺·德·贝热拉克（1619—1655）。——编者注

65

好在有一件事情略微补偿了我白天所耗费的精力。瓦莱莉打电话给我，讲述了前一天晚上发生的事。她先是问我这么晚了是否打搅我，我扫了一眼手机：已经快半夜十二点了。这怎么可能？我竟在时间的百慕大三角区里度过了五六个小时。我的胡思乱想在另一个世界里蔓延，在那里，时间好像只过去了几分钟。我时常会迷失在自己迷宫般的幻梦里，但我从来没有感受过在不经意间如此匆匆飞逝的时间。通常而言，人们只有在玩疯了的时候才会有这种感觉，但我却恰恰相反。只有无聊才能扣动我的心弦。我只有在空虚中才会看不见时间的飞逝。

"请原谅，但我无法早点打电话给您。"瓦莱莉接着说。

"没事，问题不大。"

"今晚发生了一件令人难以置信的事情……"

"哦，是吗？"

"是的，我简直不敢相信。而且，很可能要归功于您。"

"出什么事了？"

"跟帕特里克有关。"

"什么？"

"我到现在都还不敢相信。这……这……我不知道该怎么说……"

"告诉我。"

"最好还是从头说起，从昨天晚上发生的事情说起。"

"好的。"我说，并试图掩饰自己的焦急。我太想知道这神秘事件的内容了。

昨晚，当我还待在楼梯平台的阴暗中时，事情就重新开始了。孩子们都回去睡觉了，瓦莱莉从壁橱里拿出一个枕头，扔在长沙发上。共同生活了二十五年后，帕特里克第一次被妻子从婚床上赶了下去。有理由担心。分房往往是分开生活的前奏。他茫然失措，默默地照办了。他知道自己做得太过分了，没能克制住对我的敌意。他其实不习惯于发火。他跟那些动不动就发脾气的人不同。可以说他的脾气很温和，有时甚至很内敛。他的突然发怒像是一种令人惊讶的行为偏差，在他妻子看来是不可容忍的。瓦莱莉不想再跟他说话。今晚不想说，以后也不想说。刚才发生的事成了业已非常脆弱的关系的终点。他怎么能对她做这样的事？他羞辱了她，而受辱者很少能从羞辱中走出来。更糟的是，他当着一个成人目击者和两个孩子的面做这事。痛苦容易转化成歇斯

底里，这可以理解，但家丑不可外扬，不能让别人看见。是
的，他做得太过分了。

　　她在这张对她一个人来说显得太大的床上翻来覆去地
想，这时听见门开了，便说："滚，已经跟你说过了，我不
想跟你说话。让我一个人清静清静……"但帕特里克惊恐地
站在门口，说了几句含糊不清的话，说得很轻，人们还以为
他发出的是沉默的声音。这种软趴趴的闯入行为让瓦莱莉很
是恼火：就连请求原谅之类的举动都有气无力得令人发指。
就在这时，出现了一样让人惊讶的东西：眼泪。瓦莱莉盯着
丈夫的脸。在她的记忆里，帕特里克从未这样哭过。自从
1997年他的一个朋友车祸身亡之后，他就没有流过眼泪。不
知道为什么，这完全改变了她的精神状态。是的，可以说，
出现在她丈夫眼睛里的这几滴咸咸的水滴完全改变了形势，
甚至可能改变了她的一生。

　　他向她走去，一直在哭。他第一次明白他可能失去他爱
的妻子，这是对他的未来的沉重打击。要在沙发上睡觉的这
一晚，让他闻到了未来的孤独的味道。这让他崩溃了。于是
他释放了几个月以来所默默忍受的一切。工作中的痛苦现在
也爆发了出来。但最重要的，是瓦莱莉。他爱她，他知道自
己多么地爱她，也知道最近一段时间，自己是多么地无能，
没有向她表明自己的爱意。人们往往在眼看就要失去某种
东西或某个人的时候才意识到它或他的价值。当妻子命令他

睡在客厅里的时候，那种态度，在他身上产生了电击般的效果。他不能失去她。眼泪涌了出来。泪水源源不断地流淌，汇成一道水流，无法控制。

他泪汪汪地试图表明自己的恐惧。很真诚，美好得令人无法生气。"没有你我无法生活。你是我一辈子的妻子。我发了疯，那是因为害怕失去你。请你原谅我……"她觉得重新找回了她爱过的男人。是的，已经失去的天堂就在她的面前。

她抓住他的手，把他拉到床上。
他们搂着，睡了一整夜。
重新梦想他们理当拥有的东西。
在庆祝新生的惊喜中。

66

　　巨大的怨恨竟能被几滴眼泪扫除，甚至不爱了之后又因这泪水而重拾爱情，这让我一时觉得很惊奇。还有帕特里克的话，他的陈述就像一个死刑犯的最后独白。尽管瓦莱莉说她不敢相信，但那确实是她一直在等待的：来自丈夫一方的反应。人们常在擦肩而过的懊悔中死去。她理解他的恐慌和痛苦。说出来，哭一哭（她最后也哭了），这对两个人都好。通过泪水来交谈，互相说说已经那么久都没有说过的那些事，他们就这样重逢。这时，他们猛然发现，几年来，他们都只是擦肩而过。帕特里克想给我发条信息道歉，但瓦莱莉对他说，还是让她来吧。于是我读到了那行字："一切都已恢复正常。"

　　这个温柔之夜（他们没有做爱）让他们进入了一种互相迷茫的状态。探索某个认识已久的人其实是一件崇高的事。帕特里克起床去做早餐。他的一举一动都透露出这样一个信息：一个充满希望的新时期开始了。他去叫醒孩子们，首先是劳拉，然后是杰雷米，并向他们致歉，对他们解释说，他工作上的不顺大大影响了他的脾气。两个孩子完全醒了，表示完全理解。他现在明白了，他没有与家人充分分享自己的感受。他把自己的恐惧和怀疑都留在了家门外。他过去真蠢，应该把事情都告诉大家的，哪怕只是为了得到一点点的支持。两个孩子都对他说："爸爸，会过去的。"他又想哭了。他的体系崩溃了，这是他能遇到的最美好的事情。

67

他充满了新的能量，回到办公室。一旦抓住了要害，就没有任何东西能让你害怕了。他在想，他是怎样掉进焦虑的旋涡之中的。当然，他害怕失去工作。但有那么严重吗？他会拿到失业金，还可以享受一下生活，享受一下天伦之乐。而且，凭着他的经验，他很可能还可以再找到工作。他和别人不一样，有的人不得不忍受职场霸凌，根本不可能摆脱，他却知道自己能掌握命运。当天，他就要被召见了，他做好了被解雇的准备。他肯定会从德茹瓦约的眼神中看到邪恶的光芒：让他等三天，然后炒了他。可以说这是用文火烤他。帕特里克没有心存丝毫幻想。他很快就得收拾东西走人了。

快到中午的时候，他收到瓦莱莉的一条信息，只有几个字："祝你跟老板的会面一切顺利。"他觉得这句话非同凡响。他们有多久没有给对方写过好话了？回想起他们的谈话，全都是"你能去买根长棍面包回来吗？"或者"别忘了给杰雷米带个讲义夹回来"之类的。指令形式的信息。日常琐事的吩咐。爱情故事中的词汇是从什么时候开始发生转变的？两年，五年，还是十年前？精心写就的信息变身为柴米油盐的颂词，忘了当年它只接受浪漫的表述。

他把这条信息读了许多遍，不愿仅仅回复一句"谢谢"。他最后写道，她的祝愿正是他所需要的力量。这有点夸张，甚至有些俗气，但他现在想表达自己的感情，不管是什么样的感情。一句笨拙的"我爱你"永远比彬彬有礼的客套话要好。他的回复和词语为他们之间的关系编织出全新的绸缎，让瓦莱莉感到幸福。他们重新发现了对方。

68

他看了看手机：到会面时间了。终于，他要去见霸凌他的人了。当然，这种难以忍受的等待不会如此轻易地结束。一个秘书对他说，德茹瓦约在跟别人通电话，是事先约好的，肯定会晚几分钟。于是帕特里克在走廊的一张椅子上坐下（就像是在医院里一样）。他浏览着手机，想让自己镇定一些——推特就像是心灵的香烟。他关注的博主中有小野洋子①。她刚刚发布了一条推文，推文里只有一句话，是关于世界和平或类似于灵修之类的神秘主义事物的。总之，一个能让他好受一点的句子。但小野洋子对办公室生活又有多少了解呢？他崇拜她，但这不是重点；就生命之美念几句曼怛罗②，感慨每一天都是一个可供把握的机会，这在没有被德茹瓦约召见时是很容易就能做到的。

---

① 小野洋子（1933— ），美籍日裔音乐家、艺术家、和平主义社会活动家，披头士乐队成员约翰·列侬的遗孀。——编者注
② 曼怛罗，印度教、佛教、锡克教、耆那教中的咒语，信徒认为它具有某种精神力量，念诵它后能消除灾祸。——编者注

那个坏东西还在继续让人等。没完没了。有一刻，帕特里克想站起来走人。这种态度很可能意味着主动辞职，但他不能不明不白地离开。他想知道德茹瓦约召见他的原因。他做错了什么？也许某项业务没有处理好，但他不知道是哪项。客观来说，他工作做得还是不错的，从来没有人投诉他，所有的客户都对他很忠诚。那又是为什么呢？因经济不景气而解雇他？他想只能这样解释了。在即将到来的兼并之前必须减负。但帕特里克的工资根本不会对集团的收支平衡产生什么影响。把他剔除出去改变不了什么，反而会让有些业务出问题。可是，客户数量的多少没有影响德茹瓦约开掉吉贝尔，他的客户已被分配给某某或某某来负责了。每个人都不得不泰然自若地接受这额外的工作。如果有谁觉得这地狱般的节奏让人受不了，那走人就是啦。成千上万的年轻求职者正想来取代他们呢。人们经常说起这种激烈的竞争，虽然不知其是真是假。

时间越长，帕特里克的这种感觉就越强烈。他再也不想为了保住饭碗而服从某个人的意志，把自己弄得痛苦不堪。等了一个小时之后，他决定离开。就在这时，终于有人叫他了。他步伐平静甚至威严地走进了德茹瓦约的办公室。德茹瓦约让他坐下，看都没有看他一眼，也没有为自己推迟会见而道歉。在轻蔑的王国里，这一切都是正常的。不过，德茹瓦约看起来还是挺和气的。他虽然身体颀长，脑袋却是圆滚滚的。一副快乐的面容被错放在了一尊威严的底座上。根据他的命令，别人不能首先向他发话。于是帕特里克默默地坐着，等待主人屈尊抬起头来。权力的喜剧可以开场了。

　　人们常常从受害者的角度谈论霸凌，但施暴者的心理又是怎样的呢？晚上，他在黑暗中会想些什么？他是否享受自己的强权而丝毫没有罪恶感？他是不是因为小时候缺爱而进行报复？德茹瓦约将是一个出色的主角。我想了解他的内心生活和性生活，想知道他是否有孩子。他喜欢看书吗？如果喜欢，是喜欢看普鲁斯特的书还是塞利纳的书？抑或是加缪和萨特的书？这也是依照真实世界进行创作的困难之处，因为我不是全知全能的。小说出版之后，肯定会有人告诉他说，他被写进书里了。到时候，他也许会想改变我所创造的关于他的负面形象？如果我书中的某些人物能在书出版之后出来讲述他们所认为的事实，我会感到很高兴的。

　　"最近过得怎样，马丁？"他终于开口了。
　　"还可以。谢谢。"
　　"压力不大吧？"
　　"还好，不大。"
　　"您什么都可以跟我说，知道吗？"
　　"知道。"
　　"真的没有压力？"
　　"工作节奏很紧凑，但还好吧。"
　　"如果还好，我可以托付给您一些新客户吗？"

"……"

"您没有话要说？"

"我正在思考。虽然最后该由您来决定，但我想我手头的事情已经够多了，尤其是朗贝尔走了之后。"

"您觉得最好还是不要让他走？"

"他工作做得不错。"

"比您差。"

"……"

"马蒂内呢？您觉得马蒂内是公司里的积极分子吗？"

"是的，当然。"

"对您来说，'谁都好，谁都可爱'，是吗？"

"不……不，"帕特里克越来越尴尬，"可您只是在跟我谈论我的同事，我知道他们工作都很努力。没别的意思。"

"如果您在我这个位置上，必须开除一个人，您会开除谁？"

"您说什么？"

"如果您要解雇一个人，那个人将是谁？"

"我无法回答您。我不知道……"

"马丁啊，您是个聪明人，您懂行，您比任何人都了解这个公司。说实话，有一个人低于一般水平。我心中已有个小小的主意了，但我很想听听您觉得那是谁，用来做个比较。"

"您让我处于一个十分尴尬的境地，请原谅我这么说。

我不能说是哪个同事。"

"其实，我一点都不感到奇怪。我知道为什么您的职业
生涯停滞不前了。从来不敢冒一点险。这是一道选择题，马
丁，一道选择题。但我很失望。如果您想在公司新的组织架
构里有所进步，我对您有更高的期望。"

"您等着我揭发同事？"

"不，根本不是这么回事。动不动就夸大其词！我只是
想跟您交流一下看法。我想知道您的意见。我想见您也是出
于这个原因。"

"想知道我的意见？"

"是的。您在这个办公室里什么都没有注意到吗？"

"没有。"帕特里克扫了一眼房间。

"您确定？"

"是的。总之，我不知道。我不经常到这间办公室
里来。"

"窗帘。"

"什么？窗帘？"

"我换了窗帘。"

"啊……"

"我想知道您的看法。"

"对什么的看法？窗帘？"

"是的，一点没错。"

"您想知道我……对于窗帘的看法？"

"您打算重复多少遍？这没什么奇怪的。我确实想知道

您对我的新窗帘的看法。"

"就因为这个您才想见我？"

"是的。"

"非见不可？而且要提前三天告知？"

"是的，因为我真的无法确定自己的选择。于是我对自己说：'对了，马丁在这方面应该很有眼光。'"

"我？"

"是的，这是我的直觉。怎么样？这种栗色的好看吗？"

"我不知道。窗帘很好。"帕特里克回答说，惊恐万状。德茹瓦约说话的腔调让他惊愕万分，使他感到难以置信。他像是被电击麻痹了一般，无法做出任何的反应。

"'很好'，这就是您想说的一切？"

"……"

"没有什么让您感到特别不舒服的地方吗？菱形图案没有让您不喜欢吗？"

"没有。"

"好，我相信您。"

"如果没有别的事……我现在……可以走了吗？"

"当然。马丁，您可以走了。跟您说话总是让人愉快。"

"……"

帕特里克离开了德茹瓦约的办公室，让对话消失在虚空中。他觉得通往电梯的走廊长得不可思议，每走一步都要付出非凡的力量。最后，他停在一台咖啡机前，喉咙干涩，不知道自己想喝什么。一个女同事走到他身边，问："没事吧？"然后又补充说："你脸色苍白。"他回答说没事，免得她担心，但她还是在他身边站了一会儿。她叫索菲，最后建议帕特里克到她办公室坐五分钟。他们一起走了几步，然后他终于可以躲开别人的目光了。索菲端给他一杯水，还递给他一块毛巾让他擦汗。他出现了流感的所有症状。

他坐在他并不怎么熟悉的那个女同事的办公室里，想起了别人对他说过的关于她的话。不知道是不是流言，但帕特里克曾多次听到关于索菲的一个故事：她好像目睹了她的搭档自杀。以前，她在另一家公司工作时，跟一个男同事共用办公室很多年。一天，他们照常聊了一会儿天，聊的是一部电影。刚聊完天，那个同事就突然站了起来，从窗口跳了出去。是的，帕特里克现在认出她来了。她就是"自杀女孩"，别人就是这样叫她的。他不知道能从这事中得出什么结论，但就在他刚才差点晕倒的时候，她对他表现出了友善与关心。他正在喝第三杯水，她灿烂地对他一笑。

帕特里克看到的一切似乎都变形了。他花了一定的时间来调节视线，就像为一台复杂的照相机调焦。他站了起来，对索菲的帮助表示感谢，然后结结巴巴地说，自己一定是工作节奏太快，突然间筋疲力尽了。"我该去度假了！"他最后轻松地说。但那种轻松有些假。索菲掩饰住自己的不安，只说，如果需要她做什么，请不要客气。也许她一直受着罪恶感的折磨。目睹同事的自杀，成了证人，就像是被判了无期徒刑。

回到自己办公室时，他逐渐感觉到身上卸下了重负。最近几天的紧张情绪松弛了。这么说，他并没有失业，但这场谈话让他前所未有地相信，公司的领导权已经落在一个厚颜无耻的家伙手中。他本想笑，他本可以笑，但身体却做出了不同的决定。做决定的总是身体。在他的内里，在他的肉体或心中，他动摇了。为集体工作和奋斗多年，最后却落了个被人羞辱的下场。除了"羞辱"，他找不到别的词：他刚刚遭受了一场真正的羞辱。

69

　　他给太太发了一条信息，说一切都进行得非常顺利，然后处理了一些日常事务。他取消了跟一个客户的会面，借口说自己突然发烧了。他没有勇气穿过巴黎的大街去谈人寿保险。他心里想，终于可以去看一场电影了。没有人会核实他的时间表，而且，毫不夸张地说，他工作得太卖力了。是的，这是个好主意。花一个下午，走进一个漆黑的大厅。不管看什么电影，就这样。他有多久没有看电影了？他一点都想不起来了。最后一次可能是跟儿子一起看一部动作片。肯定是《碟中谍》。是的，没错。汤姆·克鲁斯在迪拜的世界第一高塔上，他现在想起来了。帕特里克坐在办公室的便笺纸前，回忆起那纯爷们儿的形象，心中暗问自己，汤姆·克鲁斯要是被德茹瓦约召见，又会如何反应，如何表现自己的英雄气概。

　　那天，帕特里克最后还是没有去看电影，而是选择散了一个长长的步。他也有很长时间没有散步了。他甚至想不起来星期二下午是什么样子的。他随意闲逛，不接电话。这个时间点，商业区空荡荡的。男男女女都在做自己重要的事，乖乖地待在自己小小的格子间里。我们可以把周围的建筑当作带抽屉的家具，抽屉里装着人。他觉得一切都很可笑。最后，他坐在一家赛马酒吧里，边喝啤酒边看赛马。在一个小时里，他觉得自己触及了幸福的意义。他甚至要试着抑制某种欣悦。他查看了一下手机屏幕上的未接来电，想起了手机尚未诞生的年代。那时的闲逛，才是真正的闲逛。

70

当同事们离开大楼，纷纷涌向地铁口时，帕特里克反其道而行之，回到了办公室。他通知瓦莱莉，说自己要回去得晚一点，借口说有些文件要处理。瓦莱莉有些失望。这是他们开启新生活的第一天，他却不设法早点回家。但她想他也许真的没有办法。其实，他什么文件都没有打开，也没有打电话给任何人。客户的问题不再是他的问题。无论是洪灾、地震还是各种事故，都再也不能影响他。

他的部门现在空无一人。他出了办公室，朝电梯走去，一直上到德茹瓦约的那个楼层。他重新穿过他几小时前走过的那条长长的走廊，但现在觉得没那么长了。距离总是受我们的心理的影响。他看到有个清洁女工在一个办公室里搞清洁，便躲避了一下，不想被她看见。这并不难。她干起活来好像很机械，甚至不关心周围发生了什么。重复的动作，每晚如此，与疲惫做斗争。她就是汤姆·克鲁斯，帕特里克心想。他继续往前走。在到达德茹瓦约的办公室之前，他拐进了安全通道，拿了一个灭火器，然后回到原路，重回受辱之地。

　　门开着，他在德茹瓦约的椅子上坐了一会儿，但很快就转过身去观察窗帘。新的窗帘。下午稍早的时候，他在赛马酒吧里买了一个芝宝打火机。他用大拇指打开了它，这一动作会让任何男人都变得很酷。其实这正是我主人公的腔调。有些人就是这样，在神秘启示的指引下突然领受了某种恩泽。帕特里克像是接受了一场移植手术，有人将一种漫不经心移植到了他的身上。他虽然冒着巨大的风险（随时都可能有保安或目击者经过那里），却镇静自若。说实话，他就像一个破罐子破摔的人。

　　他用火点着了德茹瓦约的新窗帘。

71

　　窗帘燃烧了起来，他用灭火器灭掉了初生的火苗，然后平静地离开了办公室。半小时后，他回到了家。瓦莱莉在床上等他。她正在看书。他在妻子身边躺下，拥抱了她。孩子们已经回自己的房间了。瓦莱莉问他是否饿了，他回答说他自己去弄。两人一起来到厨房，他给自己做了个奶酪煎蛋。这个普通的夜晚有着初夜般的魅力。

　　他们各自向对方讲述了今天是怎么过的。帕特里克平静地说："他召见我，是为了知道我对他的窗帘的看法。你能相信吗？为了报复他，我今晚又去了他的办公室，把窗帘烧了。"她让他重复了很多遍。是的，她听清楚了。起初，她想喊："你疯了！"但最后变成了"你真是个天才！"①她了解自己的丈夫，知道他一定是被逼到绝路了，否则不会做出这种介乎绝望与勇敢之间的举动。他低声说，是他们前一天晚上的谈话给了他行动的力量。他再也不想任人宰割。当

---

① 当然，多读几本艺术家的传记就足以明白，天才与疯子之间只差一步。——原注

然，会有后果的（德茹瓦约肯定会指认他的），但这已经不重要了。

两人突然爆发出一阵大笑。其实，她比任何人都理解他。虽然她没有受到谁的霸凌，但这让她联想到自己单调的生活。她感到日常生活味同嚼蜡。万一解决办法就在于破坏呢？瓦莱莉当然不可能去破坏单位的图书馆，但她或许也应该以不太礼貌的方式去迎战未来？如果事情是发生在昨天晚上，那她可能会怪丈夫破坏了他们平静的生活，做事愚蠢，不考虑后果，但今天的她就完全不会这么想了。她赞赏他的举动。欣赏自己的丈夫是一件多么美好的事情。

他们回到房间，做爱了。暴风骤雨般的激情让帕特里克累得很快就睡着了。瓦莱莉回到厨房给我打电话。这一切都太浪漫了，忍不住要与人分享。

72

　　我绝对想不到帕特里克会采取这样的态度。我觉得，我的闯入对这个家庭而言显然就像一根导火索。所有满足于现状的群体都应该引入一名作家。说实话，我觉得稍微换个角度来想问题会更科学。是的，我现在深信如此：所有被放入书中的人物都会变得有传奇色彩。

73

我对人物的所知（4）

玛德莱娜·特里科。没有任何新情况。她应该在准备行李。两天后，我们就将前往洛杉矶。

帕特里克·马丁。光那一天的事，就可以单独写一本小说。那么长时间以来第一次哭泣。通过眼泪获得新生。我没想到会有火烧窗帘那样的故事。那个德茹瓦约确实是个心理变态。太适合我的小说了。无论什么故事，都需要一个坏人。帕特里克的反应是多么疯狂。我为我的人物感到骄傲。由于犯了严重的错误，他应该会被解雇，甚至受到法律的追究，因为他可能会遭到指控。丝毫没有跟瓦莱莉提到这方面的问题，她刚刚产生新的能量。我怕现实再次占据上风。

瓦莱莉·马丁。情况完全逆转。匆匆宣布自己想要离婚之后，她似乎重新坠入情网了。可以这样认为，她之前只不过是怪丈夫无法应付日常问题。当然，她仍然爱他。我不想乌鸦嘴，但还是觉得，她身上欣悦的芳香也会像之前的止爱一样转瞬即逝。

杰雷米·马丁。没有任何新情况。我至少希望他能因我而获得一个好分数。

劳拉·马丁。我不知道我们的关系会不会进一步恶化。她把我当作一个蠢货。我觉得这是不公正的。我不过是做了她要求我做的事情。与克莱芒见面，但克莱芒生气了。我能理解他。连跟劳拉出去约会都要得到我的批准，这招致了他的厌恶。结果：立即断交。这或许是个悲剧，或许是个机会。谁知道呢?

74

第二天是一个十分特殊的日子。我的人物们好像都离开了我。我等待他们的消息，但没有等到。最后，我给瓦莱莉发了一条信息，她只回了我几个字："稍后告诉您。"我应该承认一个道理：有的时候适合行动，有的时候适合叙述。在把马丁一家写进我的书中之前，我应该先让他们生活。

我不知道该做些什么（我的余生都停滞了），于是去看望了玛德莱娜。她正专心地准备我们的旅行。①她可不想丢三落四的。她抬起头对我说："这也许是我这辈子最后一次旅行了。"很少有别的话比她说的这句更能打动我。到了某个年龄，每件事，哪怕是再小的事，都会让人产生这样的想法：一切都有可能是最后一次。

我对她说，她可以多带点行李，我可以替她拿。其实，我看她是在瞎忙活。她从衣柜里拿出几件衣服，五分钟后又

---

① 某些人准备行李所需的时间比旅行本身的时间还长。——原注

把它们放了回去。她即将经历的场面让她深感忧虑，迫在眉睫的具体问题扭转了原先的情绪，只剩下恐慌和一系列的疑问。尤其是：与一生所爱离别五十年后再度重逢，她应该穿什么衣服？他肯定会觉得她老了，满脸皱纹。她丝毫没有想到，对方可能也有同样的忧虑。

　　眼前的故事不断地引起我的共鸣，我又一次能够理解她的恐慌了。我跟玛丽重逢的那天，我该穿什么衣服？简单、宽松，以让自己显得放松一些。但在重要的时刻这么穿，可能会被认为不够上心。那就稍微精致一点？西装外套加衬衣。可这么穿又有可能让自己的形象略显浮夸。开始犹豫了，这从来就不是一个好兆头。我应该听从自己的直觉。再说，真会有这场相遇吗？毕竟她一直没有给我发信息。我们在半夜里的那次对话也许只是海市蜃楼而已。

75

当晚，关于我的人物，我没有任何新的记录。瓦莱莉没有按计划给我打电话。焚烧窗帘事件之后，肯定发生了什么事情，但是什么事情呢？我觉得自己像是刚刚看完了某部电视剧的第一季，得等上几个星期才有续集可看。总之，这就是我们这个时代的悖论：由于我们已习惯于立即拥有一切（在欲望和实现欲望之间不再有丝毫的延迟），制造失落感就成了现代大企业的宗旨。刺激消费者进行消费的因素甚至就在于此：处于匮乏状态。而我也无法从中逃脱：马丁一家的故事，我还没了解个够呢。

76

第二天，我去接玛德莱娜，然后坐出租车去机场。就在登机前，我给瓦莱莉发了一条信息，告诉她一切顺利，但她没有回复。她甚至没有给她母亲写条短信来祝她旅途愉快。她的沉默开始让我感到担忧。

77

一飞上云端，我们就点了杯香槟。玛德莱娜希望这场旅行会是令人难忘的。怎能不令人难忘呢？我们所经历的一切都是治疗遗忘症的良药。冒着泡的香槟很快就让我上了头，让我觉得很舒服。我喜欢旅行，但坐飞机有时还是会让我有点紧张。我更愿意坐火车。最理想的是把铁轨铺到天上去。

这时，空姐来到我身边，问我："您正在写一本新书？"我愣了一会儿才回答她。每当别人认出我来，我都会觉得奇怪。尽管我的有些书很畅销，但我仍然觉得被人认出来是件不可思议的事。我本想这样回答她："是的，它就坐在我旁边。"但我不想暴露我现在的计划。通常来说，谈论正在创作的书会让我倍感痛苦。在写书的几个月里，我不会跟任何人谈起它，每本书都是如此。我最后回答空姐说，我眼下正在休息。她对我说，的确应该好好享受生活。

她走开了，向其他几排乘客发送她的好心情去了。我没来得及对她说，如果我手头有一本小说正在酝酿，我会更加享受生活。玛德莱娜打断了我对存在性问题的思考，问我想选择哪款餐食。我还没打开菜谱呢。[①]翻看了一下之后，我选择了素食。玛德莱娜显得很高兴，告诉我她选的跟我一样，仿佛这一共同点说明我们有着相同的人生观似的。

---

① 在我看来，航空餐里的鱼与肉的味道是完全一样的。——原注

78

截至目前，玛德莱娜向我提起过伊夫离开的悲剧，以及这番如此强烈的爱情所带来的痛苦，但我没能知道得更多。在他们重逢之前，我需要更多的资料。于是，我们在大西洋上空一同走回了过去。

一切都开始于一家爵士乐俱乐部里，但她记不起是哪家了。我给她列举了几个神话般的地点，如玉榭小地窖、伦巴第公爵，但这些名字她都不熟悉。她只对我说，迈尔斯·戴维斯①到那个地方演奏过，陪他前往的还有朱丽特·格蕾科②；那是更久远的事情了，比当时至少还要早十五年。这对我没有什么特别的帮助：那对著名的男女去过大部分有名的爵士乐舞台。

不过，她永远也无法忘记那一刻。她在听音乐会的时

---

① 迈尔斯·戴维斯（1926—1991），美国黑人爵士乐手，有"黑暗王子"之称，爵士乐发展史上的一位重要人物。——译者注
② 朱丽特·格蕾科（1927—2020），法国著名女歌手。——译者注

候，不知为什么转了一下头。人在看见未来的心上人之前，是不是就已能够感觉到他的振动？仿佛身体能探测到爱的征兆似的。她注意到，在小地窖的一个烟雾腾腾的隐蔽角落里，有个男性的身影。她只能看见那个男人的侧影。他抽着烟，平静地摇晃着脑袋。玛德莱娜不由自主地被这个神秘的人所吸引了。她逆着观众的人流，向他走过去。比博普[①]的疯狂节奏让整个舞台都跟着疯狂起来。她离那个男人越近，那个男人的脸就越清晰。他英俊的外表把她深深地迷住了。伊夫不由得注意到了这个冒失地看着他的年轻女子。他们互相笑了笑。玛德莱娜为自己的行为道了个歉："这里太热了。我需要呼吸一下新鲜空气。"然而，假如世界上真有一个能让她无法呼吸的地方，那就是在这个男人的面前。仿佛她奔跑了一生，只为了能在此刻停在这里。

一开始，两人都没能理解彼此的意图。伊夫建议玛德莱娜出去透透气，她却觉得对方是想和她私奔。其实，他不过是为这个自称有点喘不过气来的年轻女子担心。她还记得他们的谈话非常轻松，这一切都可以用"默契"二字来形容。两人最后决定不回俱乐部了，而是去旁边的小酒馆喝一杯。玛德莱娜沉浸在这一时刻，忘了通知女伴，她已改变今晚的规划。至于伊夫，他是一个人来听爵士乐的。这对她来说是再好不过了，玛德莱娜心想。

[①] 比博普，爵士乐的一种，盛行于20世纪40年代末到50年代初，具有节奏奇特、大量使用半音阶、即兴演奏等特点。——译者注

两人很快就形影不离了。伊夫完全被玛德莱娜的活力所吸引，她能让生活变得更丰富多彩。他全然没有意识到，这都是由于他——自从遇到这个男人，玛德莱娜觉得自己的状态从来没有这么好过。他喜欢两人下午紧挨着躺在床上。他摸着她的头发，觉得自己终于来对了地方——他在尘世间的流浪生活在她的颈窝里结束了。

伊夫平时谨言慎行，现在却对玛德莱娜滔滔不绝。他觉得自己没那么沉默寡言了。他的忧虑——或者说是淡淡的忧郁——渐渐少去，人变得简单而快乐了。他想，整个人生都可以在花神咖啡馆热巧克力带来的快乐中度过。但他有时也不免会觉得，这段田园牧歌般的时光肯定也有尽头。

那时的玛德莱娜已经在一个服装车间工作，当伊夫晚上来找她的时候，她心里怦怦直跳。从此，她一天到晚都在等待两人相聚的时刻。他们一起看电影，一起散步，时间过得很快。伊夫刚刚继承了父亲的一笔遗产，想从事写作。他试过诗歌、小说、戏剧甚至歌词，最后才选择了电影剧本。他尝试着拍一部黑色电影①，也正是出于这个原因，他才去

① 黑色电影，一种类型电影。20世纪40年代至50年代，好莱坞拍摄了大量以城市中的昏暗街巷为背景、表现犯罪活动和堕落的边缘人物的电影，被法国影评家尼诺·法兰克称为"黑色电影"。战后一代的法国电影导演曾对好莱坞的黑色电影产生强烈兴趣，拍摄了一系列具有黑色电影特点的影片。——编者注

光顾爵士乐俱乐部，希望即使找不到灵感，至少也能感受一下气氛。他总是躲在大厅深处的角落，以便更全面地观察现场。他不时地感到沮丧，认为自己毫无天赋。因此，他有时候会一连几天都一个人待着。故而，当玛德莱娜发现，灵感匮乏的状态正和她争抢她所爱的男人时，她发疯了。她试图用各种手段帮助他，绞尽脑汁地构思一段精妙的对话，或为一个惊险动作想一个开头。

在他们交往的过程中，玛德莱娜多次产生一种奇怪的感觉：伊夫好像把创作的痛苦当作不跟她见面的借口。

伊夫很惹人爱，也很关心玛德莱娜，但他总是不想出去度假，不喜欢家庭聚餐，认为两人乔迁新居标志着他们的田园牧歌的结束。热恋中的玛德莱娜可以接受他那位艺术家的愿望，只要他能回报以同样的感情。她接受了，因为，有一点毫无疑问：伊夫爱玛德莱娜。那种爱，连他自己都有点吃惊。那是一种让人惊慌失措的爱，甚至爱得让他感到不愉快。

两年就这样过去了，也许是三年。玛德莱娜越来越热切地希望过传统形式的二人生活。她有时都开始考虑他们未来的孩子叫什么名字了，但她不敢把这想法说出来。伊夫对现实生活总是避而不谈，但有一天，他宣布自己并不反对结婚。这并非最浪漫的宣言，但玛德莱娜却欣喜若狂，因为她了解这个男人的性格。当他拥抱她的时候，他几乎是全身心地投入。是的，他可以像大家一样过普通生活。他老是说需要孤独，但他能确定自己真的拥有艺术家的灵魂吗？他并没有实现自己当剧作家的梦想，合作的项目都无果而终。成功无疑都藏在快乐的夫妻生活当中。当然，不能排除另一个因素：他想让玛德莱娜幸福。听到她的心怦怦直跳，他的心也会跟着跳动。

然而，事情变得复杂起来了。随着结婚日期的临近，伊夫越来越经常地这样想："我不能这样做。我不能这样做。"这些话，他最后跟玛德莱娜说了。玛德莱娜努力跟他讲道理，想说服他，让他明白。但没有任何用处。她面对的是一种没头没尾的态度。当然，伊夫不是坏人，也不是玩弄女人的人，他因让她痛苦而痛苦，而她则因为把自己的痛苦强加给他而痛苦。这里面好像有个怪圈，爱情的痛苦就是一个恶性循环。

他决定前往美国，不带她。他没有做任何具体的解释。大概只有内心弥漫的不安以及疯狂想要逃离的迫切之感才能让他做出这个决定。跟我讲述这残忍的结局——她的绝望之巅时，玛德莱娜开始抽泣。这个关于她的毁灭的故事在几十年后依然饱含着悲剧的味道，不曾变质。可以想象一下，一个茫然失措的年轻女人，失去了存在的理由。她像疯了一样，每天晚上都会回到那个爵士乐俱乐部，回到他们相遇的地方。我现在更加明白为什么她记不起那个地方的名字了。这跟年龄或疾病无关。让我们忘记成了不幸的幸福，这是遗忘症给我们的祝福。

虽然她并没有对我明说，但我明白，她曾经想过一了百了。似乎没有任何人知道，她也从来没有提起过。我这个超然的证人把玛德莱娜从这一黑暗的秘密中释放了出来。虽然她活了下来，但一部分的她显然已在那个时候死去。时间过去了很多年，痛苦却依然那么强烈。痛苦与不解。人会因为不知道某些事而发疯。她心想，她爱上了一个影子（永远都不该相信第一印象），一旦靠得太近，他就消失了。其实，她只要还有一丁点的清醒，也许就会明白，他逃避的不是她，而是他自己。前往世界的另一头，并不是一件小事。这是一种去除我们身上与生俱来的地理烙印的方法。伊夫也许没有别的选择，只能抛弃一切；别无选择，只能突然中断联系，以便彻底告别这个给他们两人都带来痛苦的不定之地。但他走的时候没有做任何解释，所以，我们的这场旅行最终将使这部未完成的小说得以完成。

79

几年后，她遇到了勒内。他们之间没有激情，和他在一起是一种理性选择。这事我们不再去谈它。勒内具备所谓的备胎的一切要素。而且，玛德莱娜想要孩子了。她最后告诉了我这件逸事："勒内向我求婚的时候，我得了流感。我躺在床上疲惫不堪，总是想吐。就在那个时候，他跪了下来向我求婚。①我觉得这是他做过的最浪漫的事。"我同意玛德莱娜的观点。逆水行舟从来都是迷人的。勒内不断地给我惊喜，他每次重新出现在我的书中时都会让我感到高兴。

---

① 阿尔弗雷德·希区柯克就是这样做的，勒内可能受此启发。希区柯克有一次坐船横渡大西洋，遇到狂风大浪，他未来的妻子阿尔玛吐得翻江倒海。希区柯克利用这个机会问她："您愿意嫁给我吗？"后来，他向她承认说："我当时心里想，我应该在您虚弱得不能说'不'的时候向您发起突袭。"——原注

80

就在这时，之前那个空姐走到我们身边，问我们是否一切都好，是否需要什么东西。她最后还补充说："我喜欢您写的那些关于两个波兰人的故事。您对他们俩的执念真的笑死我了！"然后她就走到其他乘客那边去了。玛德莱娜想了解得更多一些。说实话，这一插曲让她明白过来，我并不是她的朋友，而是一个正在写作的作家。她承认自己对我的作品所知甚少，现在后悔没有去了解得更多。这正合我意。我想，她最好对我一无所知。她问我刚才提到的关于波兰人的故事是怎么回事，于是我把事情的起源告诉了她。

事情是这样的：在很多年里，我仅凭热情或需要进行写作，没有想过有一天能拿出去发表。退稿接二连三，最后甚至让我觉得这是理所当然的。我不知道灵感能把我带往何方。在当时，这对我来说并不是一个重要的问题。那时候的我觉得，写作只会是我在另一个平行世界里的生活的中心。但两个波兰人的出现改变了局势。我写了他们的故事，半年后，我在一家权威的出版社出版了这本书。这是怎么啦？我觉得他们给我带来了运气，让我得以逆天改命。于是我决定，在我写的每一本书里都要出现两个波兰人，不管是在哪个角落。玛德莱娜笑了："这让我想起了我在时装界见到的那些执念。"说实话，我并不把我的那两个波兰人看作一个执念，他们是给我带来幸福的人。

"在您写的这本关于我的书中，他们将在哪里出现？"玛德莱娜问。这让我感到很尴尬。我没有想过这一点。由于我写的不是虚构的东西，这一次，我不得不牺牲我的波兰人。但她说得有道理，那两个波兰人应该出现在书中，像以往一样。我想现在就来安排。但怎么才能凭空找到两个波兰人呢？我毕竟不能像有乘客得病时问机上有没有医生那样，让空姐帮我广播通知："飞机上有没有两个波兰人？如果有，请联系我们的机组成员。必须是两个！我们不要单品！"我最后问玛德莱娜：

"在我们旁边，有两个波兰人。如果我这样写，您是否介意？没有人会去核实的。"

"不介意，您写吧。"

"太好了。"

于是，我们坐在两个波兰人旁边飞往洛杉矶。旅途中，忘了是出于什么原因，我和他们交谈了几句。他们俩是一对电影业者，毕业于著名的罗兹电影学院①，这次要去好莱坞，希望能卖掉一个剧本。其中一人用英语对我说："这是一个不可思议的故事。真的不可思议。它肯定能被拍成一部出色的电影。"我当然非常好奇（别忘了，我是个缺乏灵感的作者），但他们什么都不愿意透露给我。在写这几行带有编造成分的句子时，我衷心希望他们能成功地让人阅读他们的剧本，并让剧本被一个大导演买走。

---

① 罗兹电影学院，位于波兰第三大城市罗兹的电影艺术类顶级高等院校。——编者注

81

飞机降落前两小时，玛德莱娜睡着了。她睡得很深，任何颠簸都不能把她吵醒。我担心她在不得不醒来的时候仍处于迷糊状态，但她立即恢复了神志，欣赏起舷窗外面的景色来。如果说纽约是一个站着的城市，那么洛杉矶就是一个躺着的城市。①景色相当迷人。

过关手续办得相当快。美国人有很强的旅游管理意识——他们把我们当作在游乐场排队游玩的人来管理。我们很失望，因为我们只是简简单单地拿出护照盖了个章——我们本以为队伍尽头有个摩天轮或鬼屋在等待着我们。这个国家见证着真实生活与娱乐世界的混合。在美国的有些地方，人们都忘了自己是在过自己的生活，还是生活在布景中——马上会有人来大喊："开拍！"

我们乘坐出租车前往位于圣莫尼卡的酒店。大街好像漫

---

① 甚至可以说是一个躺在躺椅上的城市。——原注

无尽头，在这个城市里开车，人们几乎不用转动方向盘。我选择那个地儿，当然是因为它邻近海洋，但也是因为次日上午我们将在那里的街区见伊夫。我们下榻的酒店很漂亮，尽管有点旧。我本想为这一段落配上一首大门乐队①的歌来作为背景音乐，可文学是无声的。

我们在各自的房间里安顿下来，玛德莱娜立刻就去睡觉了。现在才晚上六点，我想继续与睡意做斗争，免得太受时差的影响。我选择出去散步，空气如此甜美。我都不敢相信我们这么快就开启了这场旅行。我的面前是一轮巨大的红日，正沉入太平洋中，而我的嘴里还残留着巴黎的味道。

---

① 大门乐队，1965年成立于洛杉矶的美国迷幻摇滚乐队，主唱吉姆·莫里森是其灵魂人物。——译者注

82

稍后，我也躺在了床上。这样累倒，是一件多么快乐的事啊！失眠者只要这样做就行了：生活在时差当中。但就在我的眼皮合上的那一刹那，手机响了。我当然给瓦莱莉留了条信息，告诉她一切顺利，但没想到她这么早就给我打电话（法国时间才早上六点）。

她想知道所有的细节：酒店、环境、我跟她母亲是怎么商量的……这可不是时候。瘫倒在床上的时候却不得不保持清醒，这是多大的痛苦啊！不过，她终于给我打电话了，这让我安心了下来。我特别想知道帕特里克出了什么事。两天来，我一直惦记着那个情节。德茹瓦约发现窗帘被烧焦之后有什么反应？瓦莱莉告诉我说他惊呆了。许多名目击者都证实，他呆了好几分钟，说不出话来。这不仅仅是破坏装饰那么简单，他觉得这是一次极端暴力的袭击，几乎跟杀人差不多。

德茹瓦约非常清楚自己那种变态行径的性质，但绝对没有想到会引发这种事情。从来没有人敢于反击，甚至从来没有人敢对他的挑衅表示哪怕一丁点的不满。害怕失去工作总是让受害者们不敢开口，藏得深深的。这次，情况不一样了。他恰好赶上了另一个男人一生中最倒霉的时刻。那个男人除了反抗，没有其他选择。帕特里克身上装备了新的能量，重新抬起了头，勇敢地直面后果，不再害怕。因为他知道，一定会有后果的。德茹瓦约当即认定了罪魁祸首，一刻都没有迟疑：是马丁，只能是马丁。

他终于缓过神来，下令召见那个胆敢挑战他的员工。几分钟过去，帕特里克没有出现。德茹瓦约吼叫着要秘书继续给他打电话（德茹瓦约很少情绪失控）。秘书听到电话线那头有个声音对他说："如果他想跟我谈话，那就让他自己过来找我……"那个叫奥蒂尔的女秘书让帕特里克重复一遍。帕特里克把刚才那段大胆的言辞又重复了一遍："如果他想跟我谈话，那就让他自己过来找我……"奥蒂尔对他说，她无法向老板转述这一自杀式袭击般的回答。况且，德茹瓦约就站在她对面，等着她向他确认，那个攻击他的人马上就会来到他面前。由于马丁已经挂了电话，奥蒂尔没有别的办法，只能如实道来。但她的嘴里没有发出任何声音：某些句子太害怕自己将会激起的反应了，以至于它们宁愿被无声地说出来。奥蒂尔不得不重复了好几遍，才终于让对方勉强听清自己在说什么："他说，如果您想跟他谈话的话，得由您去他那儿找他……"说着，她低下头，好像面对着一个用手枪指着她的脑袋的男人。

德茹瓦约最后还是照办了，前去寻找马丁的办公室。他不知道马丁的办公室在哪儿，又不想问人，便在大楼的走廊里走了差不多一公里。所经之处，大家都看着他，他好像听见到处都有人在说"窗帘"这个词。那些窃窃私语并不都是那么地轻声。抑或，这只是他的想象？当我们觉得自己犯了罪，脑子里就总好像能听到揭发声。他是窗帘事件中的拉斯柯尔尼科夫①。最后，他终于找到了马丁的办公室。马丁抢先向他问了个好，为自己的反叛画上一个完美的句号，就像为蛋糕放上一颗小樱桃。德茹瓦约一惊，浑身是汗，吼道：

"您知道您都干了些什么？？"

"您指的是？"

"您知道得很清楚。肯定是您干的。窗帘！"

"为什么？"

"因为我们昨天下午才就窗帘问题谈过话，而且……哦，而且，我用不着去举证！我来只是想通知您，您被解雇了，因为您犯了严重的错误。很严重。"

"那我的客户呢？我的客户怎么办？"

"我才不管呢，您懂的。我把他们交给别的人来负责就行了。总之，客户们不会发现有什么不一样。瞧，另一个马丁来会计室报到了，我会让他顶替您，对客户而言，没有发

---

① 拉斯柯尔尼科夫，19世纪俄国作家陀思妥耶夫斯基的小说《罪与罚》中的主人公。——译者注

生任何变化。"

"我应该什么时候离开？"

"当然是现在，蠢货。现在！"

"向一个在这里工作了二十年的中层管理人员询问对您的窗帘的看法，您觉得这正常吗？您用一种让人精神极度紧张的口气对他说要见他，而且是非见不可，却又让他等了三天，您觉得这正常吗？"

"我才不管呢！放火烧我的窗帘才是不正常的！所以，您现在就给我滚！"

"很好。但这只不过是个开头。"

"什么意思？您威胁我？马丁啊马丁，您威胁我？"

"没什么意思。随您怎么理解。"

"蠢货。我一小时后再回来，到时候，我不想再在这个地方见到您的任何痕迹。相信我，您可以死皮赖脸地去扒拉几分钱的赔偿款。我只是希望，将来有一天再见到您时，您正躺在大街上乞讨。"

"这可不在我的计划中。不过还是要谢谢您对我前途的关心。"

帕特里克的不在乎让德茹瓦约愣了一会儿，然后后者就走开了。

楼层里的所有同事都敬佩地看着帕特里克，不敢相信自己的眼睛。那是同一个人吗？不管怎样，他为自己能坚持到底不动摇而感到自豪。但现在，这对他又有什么用呢？他将在工作日的上午十点回家，抱着两个装满职场回忆的纸箱。工作了这么多年，只有两个箱子。当他在整理办公室的时候，同事们过来问候他，赞扬他的勇敢。但两天或十天之后，他们还会想起他吗？可能性不大。他的辉煌举动是在为集体进行宣泄，但不会有任何的反响。它是一圈转瞬即逝的光环，也是一条死胡同。他将来会怎样？在保险行业，大家彼此都熟悉。他因严重错误而被解雇，大家肯定都会知道。人们很快就会掐头去尾，这样说他："他就是那个把窗帘烧成灰的家伙。"不管是出于什么原因，烧窗帘这一行为本身就说明了，他是一个靠不住的人。人们会想：如果他被上司霸凌，那他应该投诉才对。用这种方式来还自己以公道，他一定是疯了吧。是的，他觉得这一点不容否认：被烧成灰的其实是他自己。他太太当然会为他感到骄傲。这种好印象可以让他沾沾自喜一段时间，但他很快就会在现实生活中撞得粉身碎骨。凄惨的日常生活等待着他。欣喜之情现在烟消云散，他开始为自己的举动感到深深的懊悔。他将为自己的破坏行为付出长期的代价。①

---

① 那些喜欢帕特里克、欣赏他的英勇举动的读者朋友，你们可以放心。我现在先告诉你们一下，接下来发生的事情和他想象中的完全不同。——原注

83

最后，和瓦莱莉的长时间通话让我推迟了睡觉时间，但这并不妨碍我在深夜里醒来。我用看电视来打发时间，尤其是一些重播的游戏类综艺节目，里面的参赛嘉宾不停地叫喊。在美国，绝对需要拥有一份歇斯底里文凭，否则连游戏都无法参与。早上六点左右，当我下楼时，玛德莱娜已经坐在吃早餐的餐厅里。她也醒得很早。与伊夫的会面是在九点钟，会面前的最后几个小时显得漫长无边。我能感觉到她的躁动。她心里肯定在想，自己是不是真的该来。非常奇怪，她对我说，她想到了自己的丈夫，觉得自己对他有点不忠。她的头脑里乱糟糟的。

我建议她和我一起沿着沙滩散一会儿步，放松放松。东升的旭日被一群晨跑锻炼者簇拥着。这么早就起床锻炼，这还是人吗？在巴黎，在这个点，遇到的大多是刚从夜店里出来的醉鬼。眼前的景象，再加上因时差作用而混乱了的时间，一切都让此时此刻显得有点像是超现实。玛德莱娜突然问我：

"您确定他会来？"

"会来的。我已将我们昨天抵达洛杉矶的消息告知他。他会等我们的。"

"如果来的不是他，而是某个跟他很相像的人呢？"

"不会的，这种可能性太小了。"

"如果我们无话可说呢？"

"那你们就默默对视吧。"

"如果看不清楚呢？"

"……"

我还以为最后那个问题是在开玩笑，但根本不是。她太紧张了，无法让自己松弛下来。她真的害怕自己会手足无措，会不知道该说些什么或看不清楚。我感到她越来越僵硬了。我甚至觉得她的上下嘴唇已黏在了一起。她让我想起某些在上镜或上台之前怯场的演员。将在我眼前上演的是一部关于她的电影。关于她的一生，她的爱。

她太紧张了，以至于我都开始犹豫不定了。倏忽之间，我开始担心自己成了一个闯入者。我想写真实的东西，但并不想偷盗如此敏感的隐私。就审美而言，一旦越过某一界限，人们就不会再容忍窥视者了。玛德莱娜如果愿意，可以事后再把一切都告诉我。是的，这样更好。我可以陪她去会面地点，放下她后就走开。我的书如果没有描写那个场景，难道就会变得很糟糕？这种场景，每个人都想象得出来。每个人都可以自己创作一本关于破镜重圆的小说。就在我要放任自己屈服于这一让人无可奈何的现实时，玛德莱娜抓住我的手，对我说："我希望您不要走。我需要您。"

84

我们提前一小时到了约会地点。那是一个大咖啡馆，被一道玻璃墙分割成两个大厅。伊夫已经在那里了。很遗憾——我无法描写他出现时的情景了。我立即就发现，他优雅得不得了。他穿着亚麻上衣，戴着宽檐礼帽，活像菲茨杰拉德①小说中的人物。他匆匆地感谢我组织了这次重逢。寥寥数语，是为了尽快直奔重点。于是我后退几步，以便让他们享受我永远也无法忘记的这一时刻。

几天来，我已和玛德莱娜建立起一种特别的联系。我的写作计划让我们走到了一起，而我现在正坐在最前排，可以清楚地观察她的情感变化。他们互相对视，都不敢相信这是真的。他们的眼睛湿润了，脸上却绽放出灿烂的笑容。他们呆了几秒钟，不敢互相触碰。这是最触动我的场景，我觉得。就这样，面对着面，愕然地相望。

---

① 弗朗西斯·斯科特·基·菲茨杰拉德（1896—1940），美国作家，代表作有《了不起的盖茨比》等。——译者注

　　最后，他们热烈地拥抱了，并互相说了几句客套话。伊夫担心这场旅行会不会太累人，玛德莱娜安慰他说不累。之后，她肯定会累坏的，但眼下，肾上腺素湮灭了一切。然后，他们俩转向我，活像两个正在等待大人指示的孩子。这是他们的故事，我向他们示意我将坐到一边去。伊夫好像是为了我而特地选择了这个地方。我可以坐到玻璃墙另一边的阳光厅里去，看着他们却又不打搅他们。

85

接下来发生的事情实在是不可思议：就在我坐下来的那一刻，玛丽给我发了一条信息。仿佛她正用仁慈的目光俯视着我正在经历的事情。当我的面前正上演着永恒爱情的动人场景时，她显灵了。这难道是个征兆？当然是。我只能用心灵感应来解释。

玛丽只问我是否一切都好。我把我正在经历的事情告诉了她。"你的故事太不可思议了，我真想给他们俩重逢的那一刹那拍张照片……"她激动地说。我在前文中没有详细介绍过她。她是摄影师，而且，我们就是在她的一场摄影展上认识的。我不想在这本小说中谈我自己，但我现在真的有选择的余地吗？

我其实一点都不想去参加那个摄影展的开幕式。①我是陪同一个导演去的，我希望他能改编我的一部小说。当他建

———————
① 邂逅往往都是这样发生的：在不情愿的情况下出门。——原注

议我跟他去那家画廊时，我心想，这也许有助于和他建立一些关系，方便以后的合作。但我希望发生的事情丝毫没有发生。我们一到，他就被其他熟人拉走了。我失去了他的踪影。那地方有许多小房间，让人觉得是从一个蚕茧走进另一个蚕茧。鉴于这种情况，我想匆匆看一圈照片——完全是出于礼貌——然后回家。我不知道谁是办展览的艺术家，但这对我来说不重要。我历来不太重视作为艺术的摄影（当然，玛丽将让我改变这种看法），于是有点漫不经心地在一个个相框前溜达。

慢慢地，一件奇特的事情发生了。看了一幅幅照片后，我觉得自己越来越被那位艺术家的作品所吸引。有一刻，我呆立在一幅照片跟前。那张照片上只写了一个"是"字。我不明就里，觉得莫名其妙。也许是这种极简的表达方式让我感到不解？我站在那里，一再重读那个"是"字，直到一个声音在我背后响起："您的光临是一个美丽的惊喜。"我转过身，看到了玛丽。没等我回答她，她就接着说了下去。她说她很喜欢我的一部小说。她就是个人形的"是"字——这是我对她的第一印象。我觉得她很开心，容光焕发，跟开幕式上那个焦虑不安的艺术家形象相去甚远。我把这种感觉告诉了她，她回答说："哦，因为今晚真的是一帆风顺呢！大家都来告诉我说，我的作品很了不起呢！甚至包括您……我想您应该喜欢吧？"很难估量她这几句话中有多少嘲弄成分，但我欣赏她自谦的方式。于是，我用手指着她的那张照片，回答了她的问题。

是。

是的，我喜欢她的作品。是的，我想再见到这个女人。这是明摆着的事。虽然我在平时不是那种大胆求爱的男人，但这次我斗胆发问，问她隔天晚上是否有空，我们可以一起喝一杯。她一言不发地看着我，然后也用手指指了指那个"是"字。

86

上次跟玛丽联系的时候，我们只是提到想见一次面。我们其实都没有谈及各自的生活。这一次，她发信息告诉我，她的新展览两天后开始，希望我能出席。"两天后。"我在心里默默地念着。我昨晚刚到洛杉矶，为了赶上展览开幕，我明天就得往回赶。飞这么长时间，却待这么短时间，这太荒唐了。我不能把玛德莱娜孤零零地留在这里，而且，别忘了，我还要写关于她的小说呢。这些情况在我头脑中混杂成一团，制造了一场短时间内的混乱。但我很快就恢复过来，回答她说，太巧了，因为我明天就要回去，我很乐意在这个重要的日子里去到她身边，支持她。

我刚刚做出了决定，这个决定让我的心怦怦直跳。与此同时，我继续观察伊夫和玛德莱娜。他们沉浸在热烈的谈话中。玛德莱娜似乎被她听到的话弄得心慌意乱，我觉得他们的脸色甚至有点不好看。我无从知道他对她说了些什么。有两三次，她向我这边转过头来，想看看我是否还在这里。我友好地回了她一个手势。由于他们俩在继续谈话，我开始阅读起《今日美国》来。我很后悔没有随身携带手提电脑，否则可以在等待的时候写点东西。

*

拉格斐的逸闻趣事（3）

人们也许只会记住一个人最后的模样。当人们想起拉格斐，脑海里立即就浮现出一个纤细、颀长的男人。外表极适合画成一张速写画。人们忘了，这位设计师曾经在好几年里都体重超标。如果现在再去看他在那个时代留下的影像，人们会感到奇怪。从他的表现来看（绝对的自我控制，似乎一切都有节制，甚至连脾气都不曾失控），人们很难想象那个人曾与自己的体重展开过一场战斗。他在战斗中说出了这句精彩的格言："节食是唯一一场能让人们在输①的时候赢的游戏。"这么说，他把节食看作一场游戏，但谁又是玩家呢？从玛德莱娜对他性格的描述来看，我倒觉得，这是他为了讨好评论家而安排的一场戏。为此，他以戏剧性的方式在几个月内减掉了四十二公斤的体重。在他身上，一切都是传奇。他不能容忍自己有一丁点的平庸。他似乎把节食当作自己的作品来创作，

---

① 此处为双关用法，法文中perdre一词既有"输"的含义，又有"减轻"的意思。——编者注

必须做到让所有人都在谈论它。我甚至差点认为，他是故意让自己超重的，这样做仅仅是为了让每个人都发现他瘦了，然后他便能从他们的目光中取乐。他后来甚至还为此写了一本书。这个营销天才，他把自己的身体变成了一个可以用来赚钱的形象。他最后不就把自己的身影画在了可口可乐的瓶身上吗？拉格斐的迷人之处就在于此：他本人就是他最伟大的作品。

*

终于，他们示意我过去。伊夫一把拉住我说："这么说，您是玛德莱娜的传记作者！"

"是的，我在写她。"

"我想，她身上肯定有太多的事情可以写。如果您需要我的话，我也可以给您讲几则精彩的逸事。"

"不用了，你自己留着吧。"玛德莱娜欲笑不能，显然是受了他们刚才谈话的影响。

"我刚才提议大家去我家吃饭，"伊夫说，"但玛德莱娜想回去休息，这我完全能够理解。你们可以晚点过来。我的公寓就在旁边，不是很大，但望出去的景色很美。"

"好吧，就这么办。我们先回酒店，我待会儿打电话给您。"我好像真的成了旅行团的领队。

他们紧紧地拥抱，仿佛害怕又会五十年不能相见。我建议坐出租车，但玛德莱娜想走一走。我当然急着想向她打听他们刚才谈话的内容，但觉得不是时候。她平常那么爱说话，现在却一言不发。就在把她送回房间时，我不得不通知她说，我改签了回程票，第二天就要回去。她马上就问我是不是遇到什么麻烦了。我只说有件急事要处理，语气极为平淡。我显然不想说得太多。玛德莱娜尊重我缄口的愿望，而且似乎一点都不为将要独自在这里待上几天而担心。伊夫显然会照顾她。没有我这个文学监护人，事情可能反倒会顺利得多。

87

一回房间，我就休息了一会儿，醒来时已是下午三点左右。在法国，现在已经很晚了。我打电话通知瓦莱莉。自从我们相识以来，她第一次显得很生气。我安慰她说，一切都在向好的方向发展，伊夫是个极富魅力的男人。但她认为，我的态度是很不负责任的：把她母亲带到世界的另一头，然后又把她一个人扔在那里。而且，那是个生病的老太太。听到这话，我开始反驳了。我从来没有见过玛德莱娜身体虚弱。恰恰相反，我一直觉得她思维敏捷、精力充沛。瓦莱莉继续指责我："您把我妈一个人扔在了那儿！"我好像听到了帕特里克的声音。瓦莱莉要他把刚说过的话重复一遍，于是我听到他说："我们去不就得了吗……"学校明天就开始放假了，而他也正好失业了。他们俩已有很久没有一起外出了。乘着去接玛德莱娜的机会，他们可以有更多的时间在一起。瓦莱莉一想到有这种可能性，就冷静了下来——毕竟，我提前回去的消息也许是个征兆。他们可以试着找一趟星期六飞的航班。他们有些积蓄，该花一点了。而且，孩子们的年龄已经不小了，他们会很乐意安安静静地待在家里。

十分钟后，瓦莱莉给我发了一条信息，告诉我他们买到了星期天的机票。我可以通知玛德莱娜，事情的变化可能会让她感到吃惊。但几天来，已经发生了那么多不可思议的插曲。见到母亲的初恋情人，瓦莱莉肯定会很感动。她也许会像我一样，把眼前的这一幕看作大团圆结局版本的《廊桥遗梦》。爱情、离别、失望，但最终还是重逢了。今天早上在阳光厅，在那道近似于银幕的玻璃墙后面，我心里曾默默地想，梅丽尔·斯特里普终于与克林特·伊斯特伍德[①]重逢了。

我提议星期六一到巴黎就去看他们，给他们讲讲事情的详细经过。这其实是我的托词。我的真实目的是想和马丁家的每个成员都再见一面。也许是最后一面了。我坚持让瓦莱莉说服孩子们出来见我，但我怀疑劳拉不会同意。我发给她一张她外婆面朝太平洋（一个象征和解的地名）的照片，但她没有回复我。我也许更擅长与老年人打交道。我一直有这样的感觉，觉得自己生来就是老人。说真的，这不单单是一种感觉，因为生活已给了我证据：青少年时期，我得了一种往往只有老年人才会得的心脏病。医生观察我，分析我，仿佛我是一具极其罕见的医学标本。毋庸置疑，衰老流淌在我的血液中，但那又是另一部小说了。

---

① 克林特·伊斯特伍德和梅丽尔·斯特里普在电影《廊桥遗梦》中分别饰演男女主人公。——译者注

88

傍晚，玛德莱娜打电话到我房间。她在前台等我。我马上下去找她。在提及跟伊夫的谈话之前，我先迫不及待地告诉她，瓦莱莉星期天要来。她立即反驳道："我一个人待在这儿挺好的。"我觉得她有些恼火，因为我们像是组织了一场爱心接力，让她成了受济者。"帕特里克和瓦莱莉很享受这次出行机会。"我解释说。"是吗？他也来？"她惊讶地问。她很长时间没有看到他们俩在一块儿了。除了过生日。我没有告诉她烧窗帘和被解雇的事。过去这几个小时，玛德莱娜已经经历了太多的变故。

我们出了酒店，到外面散一会儿步，寻找一条面朝大海的长凳。

"我通知伊夫了，不如把见面时间改到明天早上。"她先开口道。

"好的。"

"因为时差让我的头脑晕乎乎的，而且我肯定需要先好好消化一下我们说过的话。"

"您愿意把它告诉我吗？"

"是的，我会告诉您的。"

但说完这句话，她便陷入了沉默，等着我们找到说秘密事儿的理想地方。

几分钟后，我们坐了下来。她开始讲述她得知的事情。她一上来就对我说："他不喜欢女人。"我注意到她停顿了一会儿。其实我也曾这样假设过。现在，这一假设显然已被证实。玛德莱娜说自己在当时没能看清对方。她反复说了好几遍。也许是时代的缘故？也许是因为她当时没什么生活经验？而且，她从来没有跟伊夫提起过这个问题。她对他们之间的性生活是再满意不过的了，但她没有任何办法来比较，或者说，来理解男人。所以，她的苦恼就在于此。伊夫跟玛德莱娜在一起时很幸福，但他能清楚地感觉到，自己对自己撒了多大的谎。

伊夫什么都说了，十分真诚，不惜被人当作冒失鬼。他本可以不跟她讲的：他们交往的时候，他还跟数个男性保持着关系。大多是已婚和有孩子的男人。他跟他们一样，以为自己可以过双重生活，毕竟他对玛德莱娜怀有深厚的感情。他本可以一边过着传统的夫妻生活，一边又维持着与之平行的性生活。正是出于这一想法，他才同意了结婚。但某些事情让他无法在这条路上继续走下去。他不能这样欺骗自己，背叛他所爱的女人。他多次想告诉她，但话到嘴边总是说不

出来。最后，他病倒了。玛德莱娜已经忘了这段插曲，那一
整段时期都被埋入了迷雾中，她一心想逃避。伊夫在床上躺
了好几个星期，高烧不退。他的身体因那无法说出口的事而
备受煎熬。

他必须逃跑。当然，他料到玛德莱娜会因此颓丧不堪，
就跟他自己一样。他知道，就这样把她蒙在鼓里，是多么地
残酷。但他始终说不出口。他担心，说出真相之后，她会以
为他们的爱情只是一场假面舞会。保持沉默至少能让他们曾
经的美好时光不受践踏——他就是如此期望的。他这么做
了，得到的结果却更加糟糕。他的沉默让她的心智陷入了失
能状态。她非常难受，甚至想去死。现在他意识到了，乞求
她能理解——他当时真的是没有别的办法。昨天他们在示意
我过去之前的那番拥抱就是出于此。

玛德莱娜的语气十分平静，让我的心里五味杂陈。她被
那次抛弃困扰了一生，现在终于搞清了它的缘起，这让她觉
得非常高兴。出走几年后，伊夫曾回了趟巴黎，他想趁此把
一切都讲给她听，但她拒绝见他。他们错过了把一切都解释
清楚的机会。玛德莱娜需要一点时间来消化这一对过往的全
新解释。但显而易见，他们为重逢而感到高兴，命运的转折
让他们既欣喜又惊愕。

89

现在可以确定了：玛德莱娜将在洛杉矶待整整一个月。在此以后，分别的时间也不会太长，因为伊夫将在明年夏天去巴黎看望她。我们三人将一起吃饭。他们会继续跟我讲述他们过往生活的片段，但到时候我应该已经写完我的小说了。玛德莱娜也许会逐渐失去记忆，但我觉得到现在为止，她的头脑依然十分清醒，充满活力。也许是因为这场历险唤醒了她记忆中缺失的部分？我们也可以把它归功于文学所蕴含的某种力量。我不知道。我只知道伊夫在我们一道用餐时对她说，她曾是他一生的至爱。

90

现在是凌晨，飞机刚刚降落在巴黎。我坐出租车去马丁家。我完全不知道会发生什么，不知道谁会来迎接我。当我发现他们全家人一个不少地坐在桌边等我吃早餐时，我惊呆了。

让我大吃一惊的是，首先开口的是杰雷米。"自从您来到我们家以来，我父母重新相爱了，我姐姐抑郁了，我外婆去了洛杉矶，而我，我出名了。您的写作计划究竟是怎么回事？"最后的这个问句很有劳拉的风格，但攻击性要弱得多——我觉得它不是在寻求一个答案，而是在确认一个事实。可不管怎么理解，我都搞不懂他所谓的出名是什么意思。"我简直不敢相信……"他指着自己的手机，继续说道。我看到手机上显示的是他的一个视频，播放量超过了十万次。是的，我没看错数字。瓦莱莉也来向我证实："这两天发生的事完全不可思议……"

事情是这样的。帕特里克被解雇那天，他把事情的经过告诉了孩子们。类似于一场家庭范围内的危机会议。他详细讲述了自己在工作中所遭受的侮辱和精神暴力。尽管他在大家第一次一起吃饭时就已经讲过这些事，但杰雷米和劳拉直到这时才终于明白父亲为什么越来越沉默寡言。把事情讲清楚，这对大家都好。已焕发出全新活力的帕特里克毫不避讳地讲述了窗帘的故事。孩子们惊讶地看着他，把这一行为视作了不起的英勇壮举。后果如何并不重要。帕特里克虽然丢了工作，但赢得了孩子们一致的钦佩。

一小时后，杰雷米在社交网络平台上发布了一段视频，说自己是多么地为勇敢反抗职场霸凌的父亲感到自豪。他为视频添加了两个话题标签：#JeSuisPatrickMartin[1]和#BalanceTonPatron[2]。类似于#MeToo[3]的工薪族版本。很快，视频被转发了无数次，打破了纪录。许多工薪族出来举证，倾诉在工作中遭受到的暴力。一旦感到大家都已团结起来，他们就拥有了把一切都说出来的勇气；一旦事情在媒体上发酵，他们所冒的风险就小很多了。工薪族终于有了话语权。

不到两天，这就成了一件大事。许多记者设法联系最初发起这场运动的那个青少年及其父亲。事情并没有到此为

① 法文，意为"#我是帕特里克·马丁"。——编者注
② 法文，意为"#揭发你的老板"。——编者注
③ 英文，意为"#我也遭遇过"，社交软件推特上的热门话题标签。带有该标签的帖子多以女性控诉自己所遭遇到的性骚扰和性侵犯为主要内容。——编者注

止。运动的影响力实在是太大了，保险公司没有别的选择，只能重新雇佣帕特里克，当然还有解雇德茹瓦约。所以说，现代性及现代媒体也有好的一面。但这也会带来一个后果：事情让人出了名，这名声便会牢牢地跟着他，让他摆脱不了。也许在未来几年里，每当帕特里克来到客户家中，人们都会微笑着问他："我们的窗帘怎么样？您怎么看？"

91

　　劳拉虽然赏脸出现，却看都不看我一眼。但我觉得她没那么咄咄逼人了，对我也没那么怨恨了。她承认克莱芒的变心不是由我引起的。而且，她的怀疑得到了证实。克莱芒很快就跟另一个女孩约会了。劳拉把我派到了一个雷区，让我帮她排雷——排除一个言而无信的小伙子。这个故事不但一点都不扣人心弦，还让我痛苦地发现，这是劳拉与我的小说之间的唯一联系。她是我最大的遗憾。但也许有一天我会回来，再写一个关于马丁一家的故事，那时，我会优先考虑她。她会变成什么样子？每个人的未来都是一部待写就的小说。

92

到该离别的时候了。我当然可以继续追踪了解他们，但我不喜欢超过三百页的书。这个理由足以暂停我们之间的关系。离别的方式还是挺热烈的。最后，大家都对我说了声谢谢。到了楼梯口，我又转身回去，我想用照片让这一刻永远留下来。他们乖乖地服从我最后的意愿。四个人都坐在客厅的长沙发上，努力现出自然的微笑，而我则注视着我的主人公们。

马丁一家。

尾 声

1

为了保持头脑清醒，我试图在下午睡一会儿，但没睡着。我兴奋得完全无法放松精神。我将去见玛丽，展览的开幕式是最完美的场合。在激荡的回声中，它与我们的初次相遇遥相呼应。一个真正的轮回。

2

我曾努力搜集关于她这次新展览的消息，但互联网上没有任何相关信息。在许多年当中，我们曾共享一切。我的小说怎么写，她知道得一清二楚，同时我也热切地关注她的创意是如何诞生的。我们都在从事创作，却又不在同一个领域。我喜欢这样。她的领域是影像，我的领域是文字。我们之间像是存在着一种艺术层面的互补关系。我欣赏她自我更新、不断寻找新创意的能力。我非常缺乏她那样的活力。

受邀参加她的展览的开幕式是个十分积极的征兆。她强调说："如果你能来，我将感到非常高兴。"对她来说，这是一件非常重要的事。尽管我们已经分手，但有的时候，我们不能没有彼此。

在这种场合重逢，我感到放心多了。我想，分手那么多年以后，如果两人是在一家咖啡馆重新见面，那会很吓人。坐着要比站着拘束多了。而且，我们将选哪个时间段呢？午餐，我觉得太单调了。下午喝杯咖啡，那更糟糕。傍晚喝杯酒，那倒是不错，但没晚餐那么有氛围。邀请我参加展览的开幕式，这就避开了时间问题，可以直抵重逢的快乐。可我一想到即将发生的事情就感到十分不安。第一次和一个我曾经爱过的女人约会，这种感觉我从来都没有体验过。

3

我到达的时候，那里已经有很多人了。我在马路对面站了一会儿，透过玻璃橱窗观察着宽大的画廊，等待她出现在众多嘉宾的中间。好几分钟后，她终于出现了，但只能看到她的脸和双肩。大家都在跟她说话，缠着她，但我希望她在等我。重新见到她，知道她就在旁边，这让我十分紧张。激动之中，我仿佛又看见了玻璃墙后面的伊夫和玛德莱娜。我又一次身处观众的位置，但这次，我必须进入电影。前方有一个角色正等着我去扮演。

4

一进画廊，我就漫步于照片之间。她的作品的色彩比以往更欢快，原因是，这个展览名叫"幸福"。为了这个展览，她四处捕捉快乐瞬间。其中有张照片拍的是一家四口，他们全都微笑着坐在客厅的长沙发上。这不禁让我想起我刚刚拍摄的马丁一家的照片。又是一阵艺术与生活之间的回声。

过了一会儿，我终于挤进了人群，来到玛丽身边。我们热烈地拥抱，虽然由于想到要与她行贴面礼，我的身体早已因为紧张而冻结成冰。我们立刻就畅快地交谈起来。她又一次对我说，我的到来让她多么地高兴。我本来是可以向她表示祝贺的，但她很快就被别人拉走了，只来得及问我："你会待一会儿的吧？"我点点头。我会待一会儿的，而且肯定会待得更久的。

是的，会待得更久的。重新见到她，我太紧张了。我成功地装出轻松的样子，掩盖住身体轻微的颤抖。我再也不能骗自己了：几个月以来，我一直期待着这一时刻，创造着这一时刻。只有写我们破镜重圆的小说，我才不会缺乏灵感。我有时会在心里跟玛丽说很长时间的话。现在，她就在我眼前，在离我几米远的地方。如果她让我回到她身边，我们会一起去做些什么？我梦想我们可以再度出发去旅行，不管去哪儿。现在，一切都将有所不同。马丁一家的经历让我更加明白，时光易逝，重要的事情绝不能拖延。它也让我明白，生活依然是解开虚构之毒最强力的药剂。我想抓住玛丽的手，我只想体验真实。

5

一小时后，画廊的各个大厅里人都少了一些。我正在一幅照片前驻足欣赏，听见背后响起了玛丽的声音。与我们的初次相遇一模一样。我太喜欢这种趋同性了，所以慢慢地转过身去，但发现她身边有个男人：

"展览还合你胃口吗？"

"是的……是的……"

"我想向你介绍马克。"

"您好……"

"您好……"

我们握了握手。马克借口说要打个电话，走开了，让我和玛丽单独待在一起。

"那是谁？"我问。

"我不想通过短信告诉你，所以就没跟你说。我在几个月前遇见了马克。"

"你幸福吗？"我费了好大的劲才把这句话说出来。

"是的。我们搬到一起住了。"

"已经？"

"一切都来得非常快，而且……"

"而且什么？你怀孕了？"

"是的。"

"……"

"我不知道该怎么跟你说。"

"我现在对这一系列关于'幸福'的作品理解得更透彻了。"

"也许吧。"

"祝贺。我真心地祝你幸福。"我这样说道，想尽量掩饰自己的真情实感。

"不管怎样，你能来，我真的很高兴。"

"别客气，我不会错过这样的大事的。但我现在该走了……"

"你不想留下来喝一杯吗？"

"不啦，我时差还没倒过来，有点累。"

"哦，是的……你那个关于老奶奶的故事，我已迫不及待地想让你讲给我听啦。"

我们拥抱告别之后，我就离开了画廊。

到了外面，我朝展览的标题看了最后一眼：

幸福

6

　　我本来想用另一种方式来为这本书结尾，但现在只能这样了。我觉得自己太可笑了，竟然相信这样的事能成真。我在夜色中步行回家。曾有一刻，我想打电话给瓦莱莉，把自己的不幸遭遇告诉她。但没有太多的东西可说。我只不过是在心里写了一本一厢情愿的小说罢了。我和玛丽，我们只不过是通过短信友好地交谈了几句，她对我说，如果我今晚能去，她会非常高兴。这就是全部了。很甜蜜。而我呢，我却添油加醋地杜撰了一个发生在我们之间的全新故事。其实，这也许是我的虚构能力开始恢复的迹象。

终